Guerre dans le Pacifique

Un roman sur la Seconde Guerre Mondiale

Richard G. Hole

Guerre dans le Pacifique
Un roman sur la Seconde Guerre Mondiale

1

Richard G. Hole

La Seconde Guerre Mondiale

SYNOPSIS

Un convoi composé de dix transports, cinq destroyers, un cuirassé et deux porte-avions est entré dans la baie de Melbourne ce matin de mars 1942. Au-dessus des mâts avant flottait le drapeau étoilé à rayures rouges des États-Unis.

De nouvelles forces arrivaient en Australie depuis Los Angeles et San Francisco depuis la Californie. Nouveau contingent de troupes destiné à contrer l'assaut furieux des Japonais vers l'océan Pacifique Sud.

Il était composé des dixième et neuvième divisions du corps des Marines et de la septième division aérienne. Le débarquement des troupes se fit rapidement. Il n'y avait aucun danger de la part de l'ennemi, mais il se pourrait que certains avions de reconnaissance japonais découvrent les manœuvres qui se préparaient contre eux...

Guerre dans le Pacifique est une histoire appartenant à la collection World War II, une série de romans de guerre développés pendant la Seconde Guerre Mondiale.

GUERRE DANS LE PACIFIQUE

CHAPITRE I

Dan Harrison engloutit le contenu du récipient que le « barman » venait de poser devant lui sur le comptoir.

L'intérieur de la boîte de nuit était bondé de monde ; un public qui a conversé et discuté des problèmes de la guerre actuelle, mettant en évidence les victoires retentissantes du Japon dans le Pacifique et les redoutables offensives allemandes en Europe.

Rien de tout cela n'a attiré l'attention de Harrison.

Il avait déjà toutes les exigences couvertes. Les États-Unis avaient besoin d'hommes volontaires dans les différentes armes et il avait opté pour l'aviation. Dans quarante-huit heures, il devrait se lever. De San Francisco, en Californie, il serait transféré à Melbourne, où ils commenceraient une période de formation approfondie.

Cette instruction ne serait pas très longue. Les Japonais attaquèrent partout dans le nord et le centre du Pacifique, et l'aviation et la marine japonaises constituèrent un rempart presque insurmontable pour les soldats américains.

Dan avait commencé à régler ses affaires. L'un d'eux était lié à cette belle femme qui chantait et attirait les regards et les applaudissements des assistants du "Night-club" de New York : Cristina Grand.

De multiples pensées traversèrent son imagination. Il se souvenait du jour où il l'avait rencontrée et avait connu cette passion écrasante qui l'avait consumé.

Elle s'occupa de lui comme de tous ses admirateurs, et lui fit même partager une estimation qui augmenta considérablement l'amour du garçon. Sa déclaration d'amour rencontra une certaine indifférence que Dan ne percevait pas. Il a continué à lui rendre visite tous les jours et l'a parfois accompagnée chez elle.

Cristina était un type de femme intéressant.

Sa beauté avait la force d'un aimant pour les hommes.

Dan se retourna instinctivement. Ses yeux parcouraient l'intérieur de l'élégant établissement et son regard cherchait une personne précise. Fred Andrews ne pouvait pas manquer le rendez-vous. Il l'a vu pour la dernière fois s'enrôler dans le même bureau qu'il l'a fait et peut-être être envoyé dans le Pacifique lors de sa même expédition.

Andrews avait le même âge : vingt-trois ans. Ensemble, ils fréquentaient l'école depuis leur plus jeune âge et travaillaient ensemble dans l'usine d'avions de la ville de Buffalo. Ils ont toujours été unis par une excellente amitié, une camaraderie et une camaraderie idéale, qui avait finalement ses limites.

Il se souvint des paroles de Fred Andrews lorsqu'il contempla pour la première fois la beauté de Cristina Grand. Il était encore en train de vivre cette crise de jalousie qui le consumait. Andrews, son fidèle compagnon, qu'il avait appris à aimer comme un frère, était amoureux. Il représentait un rival important à leurs plans. Les deux se dirigeaient vers la même femme et un abîme insondable s'ouvrit entre eux, alimenté par l'antagonisme des déférences de Cristina.

Bien des fois il crut que cette femme n'avait pas de cœur et qu'elle s'amusait à encourager les chimères ; incitant les hommes à se défier pour son amour.

C'était vraiment divin. Sa voix harmonieuse instilla le silence à tous ceux qui étaient réunis, se mettant à l'émouvoir. Des bouquets de fleurs pleuvaient dans sa loge et les félicitations des magnats les plus prépondérants de la finance et de la politique.

Dan réalisa qu'il avait visé trop haut. Peut-être qu'Andrews ne l'avait pas remarqué, même s'il était clair que le but de cette belle fille ne serait jamais celui du mariage.

Il pensait avoir vu Andrews à l'une des tables près de la scène. Il ne quittait pas Cristina des yeux et semblait enivré de cette voix harmonieuse, qui le bouleversait.

Il fit quelques pas vers le centre de la pièce. Les couples dansaient en rythme, au son de cette musique mélodieuse. Les mariés discutaient joyeusement, à voix basse. Tout cela semblait à Dan, à l'intérieur du tourbillon parce qu'il transperçait son âme, une insulte à sa misérable destinée.

Il avait bien réfléchi à ce qu'il avait à faire. Il fallait que cette nuit-là soit la dernière qu'il voit Cristina. Mais votre entretien serait mémorable. Peu lui importait que Fred Andrews essayât d'interrompre ce qu'il s'apprêtait à lui dire. Lui aussi devrait l'entendre.

La jeune femme descendit les marches du petit escalier qui menait au salon et s'avança de table en table. Dan s'est approché d'elle. Il attendit la fin et lorsque les dernières notes de la musique retentirent, il lui bloqua le chemin vers la loge.

"Je suis venu te parler ce soir" dit-il sèchement. Je te cherche depuis trois jours et j'en ai marre de t'attendre dans ces endroits où tu me proposes un rendez-vous. Je connais presque toutes les banques de Central Park et je connais par cœur les couples qui s'y rendent tous les jours. J'ai besoin que tu m'écoutes seul.

« Est-ce un ordre, Dan ?

« C'est une faveur que je vous demande. Et j'espère que vous me l'accordez.

"Je suis désolé. Ils m'attendent et je dois me rendre dans ma loge dans les cinq minutes. Le président du Standard Plaything Building et sa femme m'ont demandé un entretien. Je dois aller à ses côtés sans tarder. Il est l'un des les hommes les plus importants de New York.

« Je me fiche de qui il est. Je n'ai rien à voir avec lui ni avec aucun de ceux qui viennent vous gonfler. Je quitte les États-Unis et j'ai un compte en attente à régler avec vous. Je dois savoir à quoi m'attendre pendant mon absence. Tu as beaucoup changé, Cristina. Vous n'êtes plus le même que je connaissais il y a quelques mois. Ale, tu m'as piégé en essayant de le faire avec Fred Andrews, mon meilleur ami. Tu n'as pas de cœur, Cristina.

"Tais-toi ! Ils nous observent. Tu ne vois pas ?

« Emmenez-moi ailleurs, voulez-vous ?

« Vous devrez attendre que mes performances se terminent.

« J'ai entendu cette réponse plusieurs fois. J'ai toujours la même conséquence : attendre, attendre, jusqu'à ce que je tombe d'épuisement. Je ne sais pas si vous avez réalisé que je suis prêt à tout. Tu ferais mieux d'accepter mes souhaits. Je ne vous divertirai pas plus de dix minutes.

Cristina n'a pas répondu. Il a fini par comprendre que Dan Harrison était prêt à faire du bruit. Elle jeta un coup d'œil à Andrews et le vit se lever de son siège et marcher entre les tables jusqu'à l'endroit où ils étaient.

"Suivez-moi" dit-elle. Je t'accorderai ce que tu veux.

Le jeune homme suivit la belle fille dans l'un des couloirs latéraux étroits de la boîte de nuit. Elle lui montra une porte entrouverte et Dan la laissa passer le premier par la brèche.

Elle s'ouvrait sur un petit jardin dont le haut portail coïncidait avec la 45e Rue. Une petite porte métallique, grande ouverte, cédait la place à la rue précitée.

Le jardin ne faisait pas plus de cinquante mètres carrés et comportait au centre une fontaine monumentale artistique avec quelques bancs attachés à ses quatre côtés.

Cristina prit place dans l'une d'elles et Dan s'assit à côté d'elle. La jeune femme fixa ses yeux bleus sur le visage du garçon et demanda :

« Votre départ est-il lié à la guerre ? "Peut-être. Je ne pense pas que vous soyez très intéressé par où je vais ou où ils m'emmènent. Mais pour votre tranquillité d'esprit je vous dirai que nous sommes partis après-demain pour Melbourne (Australie). J'appartiens à la Septième division aéroportée des Etats-Unis et ma position est consignée en tant qu'observateur. Nous avons l'impression que nous allons commencer à agir bientôt. C'est pourquoi ils veulent que nous fassions l'instruction en Australie.

« Quand avez-vous décidé de vous enrôler ?

« Je suis un citoyen conscient de la responsabilité et des devoirs envers la Patrie. Je l'aurais fait tôt ou tard. Ma position est de savoir où sont exprimés les intérêts des États-Unis et où se trouve son drapeau. Je vous ai dit que je ne perdrai pas beaucoup de temps et je suis un homme de parole. J'ai besoin de savoir ce que vous pensez de moi et où vos promesses se sont arrêtées.

"Eh bien, tu sais que tout ce que j'ai dit était une blague, Dan. Vous avez été un bon ami pour moi et vous continuez à être le premier pour vos sympathies. Tu t'es déclaré plus de dix fois et dans toutes je n'ai fait que rire et me battre pour ne pas t'énerver. Je n'ai pas fait de promesses sérieuses jusqu'à présent.

« Nies-tu avoir promis d'être ma petite amie ?

"Bien sûr. Je l'ai fait pour éviter que ton exaltation ne te force à faire une bêtise. Je t'estime trop pour ne pas t'aimer, même si j'ai dû comprendre que j'agissais mal. Mon cœur ne m'appartient pas... Dan, et tu le sais.

Je pensais pouvoir t'aimer et être heureux avec toi, mais j'ai réalisé très vite à quel point mon erreur allait être grave. Je vous prie de ne pas le prendre mal et de ne pas être un enfant.

« C'est Fred Andrews qui t'a fait changer d'avis, non ?

« Non... Il n'est responsable de rien. C'est moi qui suis tombé amoureux le premier et qui l'a accepté quand il est venu me chercher. Nous en avons parlé à maintes reprises et nous n'avons jamais trouvé la solution pour ne pas vous blesser. Andrews vous apprécie beaucoup. Dernièrement, il m'a dit que vous aviez cessé de lui parler et que vous éprouviez de la haine pour lui. Je pense que vous avez toujours été comme des frères et il est impossible que je puisse vous séparer.

« Fred et moi avons terminé. Nous nous battons tous les deux pour le même objectif et parfois nous devrons nous affronter. Il vient aussi à la guerre. Je l'ai vu s'enrôler devant moi. C'est la plus grande joie que j'ai reçue, car je serai sûr qu'il ne pourra pas être à vos côtés pendant que je combattrai les Japonais.

Cristina regarda le garçon étrangement, ne croyant pas ce qu'elle entendait.

« Fred ne s'est pas enrôlé. Il me l'aurait dit avant de le faire. Je lui ai dit de ne pas le faire et de ne jamais se séparer de moi.

« Vous vouliez faire de lui un lâche, n'est-ce pas ?

« Je préfère l'avoir à côté de moi comme un lâche que d'abandonner l'espoir de ne jamais le voir. Je sais ce qui se passe dans le Pacifique et je sais comment nos hommes meurent. Nous n'avons rien fait pour rechercher cette guerre et nous n'avons pas à subir les conséquences de ce que d'autres, dans leur quête de conquête, ont fait. Fred n'ira pas, parce que je vais l'arrêter.

« Est-ce que tu l'aimes tellement ?

« Plus que quiconque au monde !

Dan était silencieux. Il regarda le beau visage de la fille avec des yeux injectés de sang et réalisa la passion qu'elle mettait dans ces mots. Il voulait la tenir, l'écraser dans ses bras, mais il pouvait se contenir.

"Un jour, tu regretteras ce que tu m'as fait" s'exclama-t-il avec passion. Un jour viendra où tu comprendras le mal que tu as cherché pour toi-même. Je mets à tes pieds mon amour et tout ce que je suis et tu as piétiné. Vous avez renié mon amour et vous avez le courage ou l'audace de proclamer aux quatre vents l'affection que vous ressentez pour ce traître. Oui; un traître, qui n'a pas respecté les devoirs de l'amitié. Je remercie le ciel de m'avoir donné la joie de le voir parmi ceux qui m'accompagneront dans cette guerre.

« Que veux-tu dire, Dan ? Oseriez-vous... ?

« Vous ne savez pas et vous ne pouvez pas imaginer de quoi est capable un homme qui aime et est considéré comme méprisé comme moi. Je ne peux pas vivre sans toi, Cristina. J'y ai pensé plusieurs fois. Mais j'ai toujours échoué dans ma tentative. Si tu n'es pas ma femme, tu ne seras à personne.

Miss Grant était abasourdie. Elle ne s'attendait pas à une réaction aussi énergique de la part de Dan, qui se tenait devant elle, hiératique, et semblait vouloir la confondre avec son regard de feu. Il vit ses muscles se contracter dans une tension hideuse. Il ressemblait plus à un démon qu'à un être humain.

Elle a essayé de quitter la banque, mais il la tenait fermement.

" Écoutez-moi ! " Il a presque crié. " Ecoutez ce que je vais vous dire ! Je viendrai vous trouver quand cette campagne sera terminée. Vous pouvez vous cacher où vous voulez ; mais soyez assuré que Dan Harrison saura comment Vous devez payer pour vos mensonges et vos promesses non tenues. Vous devez savoir qu'on ne peut pas jouer avec l'amour d'un homme comme moi.

Cristina n'a pas répondu. Elle était devenue pâle et faisait des efforts suprêmes pour se libérer de ces tenailles qui la tenaient. Le visage de Dan s'approcha du sien.

« Tu n'as jamais voulu m'embrasser ! « Il a marmonné, étouffé. Tu as toujours semblé dégoûter mon toucher ! Mais maintenant, je veux prendre le souvenir d'un de tes baisers.

« Lâchez-moi, lâchez-moi ou je vais crier !

« Ils ne vous entendront pas là-dedans. Aussi... quel plus grand plaisir que de voir votre fiancé entre mes mains ! Crie si tu peux !

Ses lèvres effleurèrent ses joues et il enfonça ses doigts dans ses bras d'ébène. Mais instantanément, il a été tiré en arrière et roulé sur le sol.

Instinctivement, il se leva.

Son visage était décomposé et une fureur indomptable l'envahissait. Ses dents étaient serrées, ses doigts s'enfonçant dans la paume de ses mains, et un froncement de sourcils vicieux sur ses lèvres.

Avant lui, c'était Fred Andrews.

Tout le dégoût qu'un être humain peut éprouver pour une autre personne haïe, pouvait se lire sur le visage du jeune homme. Derrière lui, les mains couvrant son visage, Cristina sanglotait.

Harrison fouilla dans les poches de son frac et en sortit un petit objet. C'était un couteau.

Il l'ouvrit et sauta en avant.

La petite lame d'acier brillait dans le clair clair de lune pâle avec des reflets métalliques. Andrews sentit le froid de l'acier et jura un juron rauque, renversant son ennemi d'un coup puissant dans l'estomac.

Il a senti le sang couler sur la peau de son bras gauche et a immédiatement ressenti une piqûre aiguë.

« Tu es mauvais, Harrison ! "pousser un cri". Tu as dans ton sang la semence d'un meurtrier !

« Je veux juste me venger ! "Rugitivement." Je veux juste faire amende honorable pour tout le mal que cette mauvaise femme m'a causé. Notre vieille amitié et cette affection de frères que nous nous sommes promises importent peu. Tout a été perdu et désormais nous ne serons plus que deux ennemis, deux adversaires farouches, brûlants du désir de nous exterminer.

« Tu es fou, Dan, tu es absolument fou ! Pensez à ce que vous faites et reconsidérez ce qui peut vous arriver ! Vous n'êtes plus un homme civil. Vous avez signé votre dossier dans l'armée de l'Union et cela pourrait vous coûter un conseil de guerre.

« Je me fiche de mourir à New York que d'être pulvérisé par une bombe japonaise. Mais tu as peur, peur. Tu es un lache! Vous auriez dû vous accrocher aux jupes de votre fiancée et vous débarrasser de tout sentiment patriotique ! Vous avez encore le temps de le faire. Gardez à l'esprit que si vous ne mourez pas devant l'ennemi, il peut vous tuer par derrière.

Andrews s'éloigna, couvrant son corps de sa bien-aimée. Cristina resta immobile sur le banc, n'osant pas lever la tête. Je pleurais en silence. Il éprouvait une terreur impossible à supporter. L'un des deux pourrait mourir ». Si Fred tuait, il pourrait être emprisonné pour toujours, ou il pourrait trouver ses os dans la chaise électrique. Si c'était Dan qui avait assassiné Andrews, tout son bonheur aurait été perdu.

Il entendit le bruit de deux corps roulant sur le sol et le souffle de deux respirations irrégulières. Il retira ses mains de son visage. Il les vit en un tas confus, étroitement liés, se battant sans merci. A proximité se trouvait le couteau qu'Andrews avait arraché à son vieil ami.

Dan se leva. Fred a essayé de suivre cette action, mais a roulé après avoir reçu un coup du pied droit au milieu du visage. Il était abasourdi, presque inconscient.

Cristina a crié. Il regarda Dan saisir l'arme et tenter de blesser son ennemi. Il ne pouvait pas se contenir.

Il lui sauta dessus et le frappa brutalement, le forçant à reculer.

Puis Harrison se tourna vers elle. Pas à pas, tel le reptile qui hante l'oiseau inoffensif et veut l'attirer par son pouvoir hypnotique, Dan entreprend de venger ce qu'il considérait comme un affront à cette belle femme. Il leva son bras armé.

Un cri à glacer le sang le retint. Cristina roula sur le sol et Dan se retira vers la fontaine. Il entendit des bruits de pas précipités et comprit le danger dans lequel il se trouvait. Il jeta le couteau dans le petit étang et courut vers la porte qui donnait sur la 45e Rue.

Il entendit une voix crier :

« Au ! Arrêtez-le !

Il était tard. Dans sa course folle, Harrison a sauté sur la plate-forme d'un bus et il a continué son chemin. Personne ne semblait remarquer ce qui s'était passé et quand ils ont voulu l'arrêter, il était trop tard.

Alors qu'il s'éloignait de cet endroit, Dan réalisa ce qu'il avait fait. Tôt ou tard, il devrait se présenter au bureau de recrutement. Il y a peut-être eu un mandat d'arrêt émis par le juge de district, et dans ce cas, ses aspirations s'effondreraient.

Certains de ceux qui regardaient dans la "boîte" de nuit sont venus au cri de Cristina. La jeune femme s'est évanouie. A côté de lui se tenait Andrews, toujours sous les terribles effets de ce coup de pied brutal qui lui avait meurtri le visage.

« Que s'est-il passé ? », a demandé un homme, se démarquant du groupe. « Je suis un officier de police. Que s'est-il passé ici ?

Pendant un instant, notre ami était sur le point de raconter tout ce qui s'était passé, mais il a immédiatement reconsidéré. Il était vrai que Dan ne méritait aucune déférence pour essayer de cacher son crime, mais cette vieille amitié se tenait entre eux, brisée aux moments où elle pouvait être le plus nécessaire.

"Je pense qu'ils ont essayé de nous voler," répondit Andrews, posé.

« Avez-vous reconnu votre agresseur ?

"Non monsieur. Il m'a frappé quand j'ai entendu ses pas et a essayé de se retourner, me frappant au bras avec une arme tranchante. Cristina a crié et puis tu es venu. C'est tout.

« La blessure est-elle grave ?

"Non. La lame d'acier n'est pas allée très loin. Il est préférable qu'ils s'occupent d'elle avant moi. La pauvre a eu très peur.

Les commentaires sont montés en ton parmi ceux qui ont été témoins de la scène. Certaines personnalités pertinentes se sont approchées où se trouvait la jeune femme et se sont intéressées à son état d'esprit. Cristina était revenue à elle-même de son évanouissement et cherchait son fiancé.

Inaperçu, Andrews lui fit signe de se taire. Elle l'a fait, répondant aux questions qui lui étaient posées en mots voilés.

De cette façon, l'action de Dan Harrison était cachée, correspondant à son action indigne avec une autre bonne.

Cette nuit-là, à la fin de la représentation de Cristina Grant, Andrews la raccompagna chez elle. Il monta dans son petit appartement. Elle n'avait pas d'autre famille que sa mère. La bonne dame a remercié le jeune homme pour son intervention opportune et a sincèrement regretté tout ce qui s'était passé.

— Dan m'a dit que tu t'étais enrôlé dans la même arme que lui. C'est vrai ?

« Oui. Je voulais vous le dire ce soir. Tous ceux d'entre nous qui travaillent à l'usine d'armement de Buffalo ont entendu l'appel des drapeaux d'attelage. Nous tous, bien sûr, qui sommes jeunes et capables de manier un fusil, de diriger un char ou piloter un avion, les armes ne manqueront pas pour nous remplacer dans notre travail.

« Souviens-toi de ce que je t'ai demandé, Fred.

« Je n'ai pas oublié un instant. Si vous pensez que je peux rester inactif, alors que nos compatriotes se battent contre un ennemi bien supérieur en nombre et mieux doté que nous, vous vous trompez. Je suis désolé de devoir parler de cette façon. Dan m'a traité de lâche. Il m'a dit que je devrais me mettre à couvert dans tes jupes et que je ne devrais pas rejoindre les rangs. Je veux lui montrer que je n'ai pas peur, que je suis aussi homme que lui et que je me considère digne de votre affection. Tu dois comprendre, Cristina. Ma plus grande illusion serait de pouvoir rester à vos côtés et vous donner le nom d'épouse sous peu. Mais ce n'est pas possible. Je dois me battre en premier. Je dois d'abord faire quelque chose pour la victoire des États-Unis, dans cette guerre qui couvre notre ciel immaculé de nuages noirs et menace la liberté de tous les Américains.

« Je t'attendrai, Fred. Je t'attendrai pour toujours !

« Et je reviendrai dans cette belle ville. Les avions japonais ne pourront pas m'accompagner. Je veux devenir pilote. Chaque fois qu'un avion était terminé dans les usines d'avions de Buffalo, il ressentait un certain sentiment de jalousie à l'idée qu'un nom inconnu en soit couvert de gloire. Je vais paraître un peu égoïste. Mais ce désir est dans mon sang et je ne me reposerai pas tant que je ne l'aurai pas satisfait.

Fred s'assit dans un fauteuil et resta silencieux. Cristina et sa mère l'observaient. Il semblait être soudain tombé dans un pressentiment.

«Dan et moi aurions pu faire beaucoup d'ennuis. Ensemble, nous aurions donné beaucoup à faire et à parler aux commandants japonais. Nous avions nos projets. Il voulait être un bombardier et un observateur et je piloterais l'avion d'où Dan larguerait des bombes sur l'ennemi. Ce n'est pas possible maintenant.

«Il peut regretter ce qu'il a fait et penser que vous vous devez une appréciation mutuelle.

"Je ne le crois pas. Peut-être qu'il essaiera de me jouer un mauvais coup. Je le sais. Nous allons à l'école depuis que nous sommes enfants et il a toujours imposé sa volonté à la mienne. Il est peu probable que Dan change à moins qu'un le miracle s'accomplit en lui. Que ferez-vous en attendant, Cristina ? Vous vous souviendrez de moi ? M'écrirez-vous souvent ?

"Je t'écrirai. Je ne sais pas si à l'avenir je continuerai dans la boîte de nuit. Ce qui s'est passé ce soir, ils ne me le pardonneront pas.

"Ou quoi ?

« J'avais pensé à te suivre.

"Suivez-moi ? Que faire dans le Pacifique ?

« Oubliez-vous qu'il existe un corps d'infirmières de l'armée ?

« Ne dis pas ces choses, Cristina. Vous avez votre mère et vous devez être à ses côtés. Je ne veux pas que tu t'exposes.

« Ma mère a des frères en Louisiane. Tu peux aller vivre avec eux pendant mon absence. Je ne veux pas que tu te blesses un jour et je me retrouve à tellement de kilomètres de toi. J'y ai pensé en rentrant à la maison et je n'ai pas osé te le dire. Nous, les femmes, devons faire quelque chose pour la cause. Comme c'est sublime le travail d'aider et de soigner l'homme qui a versé son sang pour la Patrie !

Fred se leva du siège et s'approcha de la fille ; Il la força à lever la tête et la regarda dans les yeux.

« Dites-moi que vous ne le ferez pas ! Dis-moi que tu ne quitteras pas New York !

"Je ne peux pas promettre. Vos sentiments mêmes sont les miens. Laissez-moi être une femme courageuse et digne. Cette idée m'a tourmenté plusieurs fois. J'aime l'aventure et le danger et je sais que là-bas je pourrai souvent t'avoir à mes côtés. Laisse-moi, Fred ! C'est la seule faveur que je vous demande !

Une demi-heure plus tard, Fred Andrews quittait le petit appartement de Miss Grant sur Lincoln Avenue. Il portait une intuition avec lui et a fait de son mieux pour la bannir de son esprit.

CHAPITRE II

Un convoi composé de dix transports, cinq destroyers, un cuirassé et deux porte-avions est entré dans la baie de Melbourne ce matin de mars 1942. Au-dessus des mâts avant flottait le drapeau étoilé à rayures rouges des États-Unis.

De nouvelles forces arrivaient en Australie depuis Los Angeles et San Francisco depuis la Californie. Nouveau contingent de troupes destiné à contrer l'assaut furieux des Japonais vers l'océan Pacifique Sud.

Il était composé des dixième et neuvième divisions du corps des Marines et de la septième division aérienne. Le débarquement des troupes se fit rapidement. Il n'y avait aucun danger de la part de l'ennemi, mais il était possible que des avions de reconnaissance japonais découvrent les manœuvres qui se préparent contre eux.

Les deux porte-avions ont déchargé des avions démontés. Des canons, des chars, des mitrailleuses et des obus de canon ont été débarqués des transports.

De nouvelles fournitures de guerre qui entreraient bientôt en action contre le potentiel des Tenno, dans un combat qui ne ferait pas de quartier.

La division aérienne forma son camp à l'ouest de la ville, à une douzaine de kilomètres de sa banlieue. Deux jours de repos ont suffi à mettre ces hommes en mesure de se lancer pleinement dans le combat. L'entraînement militaire fut de courte durée. Il n'était pas nécessaire de connaître les plans stratégiques, de contrôler un avion de chasse ou une forteresse volante.

Les instructeurs ont suivi le cours le plus rapidement possible. En peu de temps, ils connaissaient parfaitement leur mission. Avant des plans détaillés, ils étudiaient les mouvements tactiques à utiliser contre l'adversaire. Les îles de Guam, des Philippines, de Bornéo et de Célèbes, seraient les cibles sur lesquelles ces nouveaux pilotes de l'US Air Force largueraient leurs terribles cargaisons.

Parmi ces volontaires, Dan et Fred ont vécu la dure vie du soldat de campagne. Plusieurs fois, ils sont revenus au camp fatigués et contusionnés par la tâche difficile. Après les cours théoriques, viennent les cours pratiques.

Dan a semblé changer son idée de servir d'observateur et de bombardier. Il est devenu pilote. Et tous deux ont choisi, à leur demande, le pilotage d'un engin de chasse.

Ils étaient affectés au même groupe de combat, sous les ordres du colonel Lester, chef de l'escouade.

Pendant ces jours de préparation et les mois qui ont suivi dans le camp, les deux amis semblaient s'être oubliés. La crainte de Dan d'une plainte au quartier général de la septième division aérienne ne passa pas, au-delà de sa propre préoccupation.

Fred a dû tout oublier. Il pensait que peut-être la peur d'une éventuelle vengeance l'avait rendu plus retenu et insaisissable.

Il recevait presque continuellement des lettres d'Amérique. Cristina a tenu parole. Elle écrivit à son fiancé avec la constance qu'elle lui avait assurée, racontant tout ce qu'elle faisait et quelles étaient ses intentions pour l'avenir.

Dan l'a surpris plusieurs fois. Il serra les poings et grinça des dents, comme si les moments tragiques de cette scène dans le jardin de la « boîte de nuit » se rejouaient dans son esprit.

Il ne pouvait pas oublier Cristina Grant, peu importe à quel point il le voulait. Il le portait gravé dans son cœur et seule la mort pouvait l'effacer de lui.

La commande tant attendue est arrivée. Le quartier général de Denison a relayé l'ordre, étendu à toute la division aérienne. La base des futures opérations aériennes a été établie en Nouvelle-Guinée.

De cet endroit, les avions devaient partir vers les points indiqués par le commandement, qui maintiendrait la communication et la liaison nécessaires avec le commandement suprême de la division.

Ils sont partis près de Melbourne et ont atteint la base de Tamara sur la côte nord de la Nouvelle-Guinée. La guerre a commencé pour eux.

* * *

À quatre heures du matin, le sergent-général adjoint Thompson, chef de la septième division, a annoncé l'heure de se préparer. Le groupe, sous le commandement du colonel Lester, a quitté les pavillons qui leur servaient d'abri et en quelques minutes ils étaient habillés, ajustés le parachute et prêts à occuper leurs appareils respectifs.

Une demi-heure plus tard, le petit déjeuner était prêt. L'aumônier de la Division a célébré la messe et leur a accordé sa bénédiction.

Beaucoup de ces jeunes qui semblaient joyeux et confiants ne reviendraient pas à la base. Certains d'entre eux allaient au fond de l'océan avec leurs appareils et de nouveaux prenaient leur place vacante.

De la salle à manger, ils sont allés au panneau de commande. Face à une carte générale du Pacifique, le général Thompson a commencé par dire, en désignant les points importants avec le pointeur :

« L'objectif d'aujourd'hui est la concentration de navires de guerre japonais à Saipan et Guam, dans l'archipel des Mariannes. Les Japonais occupent les ports les plus importants de ces deux îles et entretiennent quelques aérodromes à l'intérieur. Une partie de la puissante escouade japonaise est située à l'ouest des îles Caroline, au large des Palaos. Selon les rapports reçus des avions de reconnaissance, il est composé de cinq contre-torpilleurs, quatre cuirassés, huit destroyers et cinq porte-avions. Vous devez éviter de les rencontrer. Notre objectif est de détruire les installations militaires de ces deux îles et d'attaquer les concentrations de troupes ennemies à basse altitude. Chaque chef d'avion porte son avion et chaque chef d'escouade doit donner des ordres à ses subordonnés. J'espère que tout ira bien et que la Providence nous aidera.

Dans un tumulte bruyant, les aviateurs militaires ont quitté le tableau de bord.

Toute la nuit, l'équipe au sol avait travaillé. Les grues avaient été chargées de placer les bombes lourdes dans les forteresses volantes et les charrettes à moteur étaient chargées de transporter les munitions au pied de ces monstres d'acier, qui commenceraient très vite à vomir leur charge mortelle contre l'ennemi.

Fred grimpa le dernier sur son appareil.

À sa droite se trouvait l'avion que Dan devait piloter lors de cette première sortie, où celui qui reviendrait aurait le grade de Air First Lieutenant. Le baptême du feu devait être reçu et ils ne semblaient pas nerveux ni ne perdaient leur jovialité habituelle.

Un coup de pistolet annonça le départ du premier grand monstre des airs. Successivement, jusqu'à trente forteresses volantes prennent leur envol. Derrière eux venaient les combattants de la protection, au nombre de cinquante.

L'espace était rempli du rugissement tonitruant des moteurs. Chaque pilote, mitrailleur, observateur et bombardier, disposait d'une heure chronométrée pour attaquer la base indiquée par le Commandement.

Cette exigence était l'une des premières et des plus importantes de toutes. Il fallait savoir exactement, au poste de commandement, l'heure à laquelle la première bombe a été délogée de l'avion pour atteindre la cible.

En parfaite formation, ils avançaient. Des nuages bas les ont recouverts à plusieurs reprises. En d'autres occasions, il leur était permis de contempler l'immensité de l'océan et de l'île de Nouvelle-Guinée qui, peu à peu, se perdait dans le lointain, pour apparaître d'autres points, semblables à une bosse, qui émergeaient des eaux.

Fred et Dan étaient presque ensemble. Aucun mot ne s'était passé entre eux depuis cette nuit à New York. De temps en temps, ils écoutaient les ordres du colonel Lester, qui traçait la bonne route à suivre.

Fred aurait aimé connaître les pensées de Dan, même si pour lui il n'y avait pas d'autre pensée que celle qui était cryptée dans la mémoire de Cristina, la seule à avoir réalisé ses illusions.

La voix du colonel Lester interrompit toutes ses spéculations.

Hé, Andrews ! Pouvez-vous m'entendre?

"Oui Monsieur!

« Prenez votre avion jusqu'à ces nuages. Nous vous suivrons. Nous devons rester à deux mille mètres au-dessus des forteresses. As-tu compris?

« Parfaitement ! Je commence l'ascension !

Les leviers se sont déplacés rapidement. Le chasseur se dirigea vers les nuages indiqués. Derrière lui, Dan fila comme une flèche, suivi par le reste de l'équipage.

Ces hommes ont atteint des hauteurs où les poumons ne seraient pas capables de résister à l'atmosphère raréfiée. Un tube de plusieurs centimètres de diamètre laisse passer l'oxygène nécessaire pour éviter une suffocation possible.

La formation puissante est restée au même niveau. Les moteurs ont continué à secouer et la distance jusqu'à la cible s'est raccourcie.

Les nuages ont commencé à se dissiper. La brise favorisait le vol à tout moment et le soleil illuminait la grande étendue de la mer, dont les eaux résonnaient d'étincelles d'argent. Au-dessous des combattants se trouvaient les volants.

La voix du colonel se fit à nouveau entendre :

« Attention les gars ! Nous avons survolé le groupe des Carolines. La visibilité est parfaite. Restez à l'écoute et préparé.

Fred tenait le contrôle de l'avion avec sa gauche et faisait attention à la détente de ses mitrailleuses. Il était persuadé que tout était en parfait ordre et se remit à faire attention là-bas.

Dans une heure, ils auraient dépassé Guam et Saipan. Dans une heure et cinq minutes, la bataille aurait commencé. Il ne savait pas le nombre d'avions ennemis qui s'opposeraient à lui ; mais il était convaincu qu'il ferait tomber beaucoup de ces démons jaunes dans la mer, avant qu'ils ne puissent l'atteindre avec leurs explosions flétries.

Il leva les yeux vers Dan. Il était toujours aux commandes de son chasseur et semblait être penché sur les plans. Il prit le sien et l'examina.

Ces taches là-bas, comme des taches brunes tachetées de vert, étaient les îles de Losap, Truk, Nagatik et Ponape. Leur apparence était très similaire.

Quel magnifique spectacle il a vu !

Ces dirigeables se déplaçaient en douceur, malgré leur terrible élan. Ses hélices formaient un cercle irisé de reflets changeants, tantôt métalliques, tantôt nacrés, décomposant la lumière du soleil en toutes les nuances du spectre.

« Tout le monde est prêt ! "Ordonné le colonel." Nous avons devant nous les Mariannes ! Fred, tu m'entends ?

« Oui, mon colonel !

« Et toi, Harrison ?

"À l'ordre !

« Allez à l'ouest ! Restez à une distance de deux mille mètres des forteresses et parcourez le flanc indiqué. Temps mort. Nous attaquerons dans quinze minutes.

Les commandes ont été répétées dans les mêmes termes, plus ou moins, pour les autres appareils.

Les bombardiers ont continué dans la même position, proue fixe vers Saipan.

Ce sont les chasseurs qui ont changé leur situation, formant une sorte de demi-cercle au-dessus des avions lourds. C'était ce qu'on pourrait appeler un parfait parapluie protecteur.

Au fil des minutes, les deux îles indiquées semblaient être décrites ci-dessous.

La voix du colonel commandait à nouveau, cette fois dans un ordre de combat franc. Les forteresses volantes inclinèrent leur proue et filèrent vers l'île de Saipan. Les combattants ont continué dans la même position, sans modifier leur ordre.

Quelques points lumineux ont été remarqués sur la côte de l'île. Au moment où les grenades ont explosé dans l'espace, bien en dessous de l'avion occupé par les bombardiers.

« Cible en vue ! "Cria le colonel Lester." Allons les chercher, les gars, et affûtez votre but !

C'était comme si un miracle fonctionnait. Les forteresses, défiant le rideau de grenades qui continuaient d'exploser dans le bleu limpide du ciel, évoluaient avec leur charge destructrice. Répartis en trois groupes, ils alignaient le nez vers les points indiqués sur les plans.

Le premier avion a ouvert ses portes et tout le lest explosif qu'il transportait a été renversé sur les installations côtières de l'ennemi. Derrière lui, les autres firent de même, se guidant par les colonnes de fumée noire qu'on apercevait en dessous.

Dan s'est rendu compte que la moitié des forteresses avaient tourné et ne déchargeaient pas les bombes. Ils se tenaient à une hauteur prudente et semblaient attendre que les autres les rejoignent.

Puis il a pu découvrir de l'autre côté de l'île quelques points qui bougeaient. Puis il les vit monter avec une rapidité incroyable, et la voix rauque du colonel Lester clarifia le tout...

« Voilà ces maudits jaunes ! Dur avec eux jusqu'à ce qu'il n'y en ait plus !

Une sensation étrange parcourut le corps de Fred. Dan donna un rapide coup de sonnette et se lança comme une avalanche sur ceux qui approchaient.

Andrews le suivit. Les combattants restants ont emboîté le pas.

Fred a vu un avion japonais venir vers lui et a pu distinguer parfaitement les petites flammes qui jaillissaient de leurs mitrailleuses. Il a entendu les impacts sur le fuselage de l'avion et a rapidement tiré vers le haut. Au moment où il a couvert un angle mort ennemi, sa main droite a appuyé sur la gâchette des mitrailleuses et a tiré quelques coups sur les Japonais.

L'un des ailerons a été endommagé et en faisant demi-tour, il a été touché par les commandes. Un panache de fumée s'éleva dans l'espace et fit haleter de plaisir le jeune aviateur. L'avion japonais a semblé rester immobile dans les airs, mais a fini par tourner vertigineusement sur lui-même et à plonger dans le vide. Avant qu'il ne touche la mer, l'un des moteurs a explosé.

Andrews pouvait voir l'énorme colonne de fumée noire dense s'échapper de lui.

Il a vu Dan être harcelé par trois avions ennemis et s'est dirigé vers lui. Il a attaqué avec élan par l'arrière. Il s'est levé et a plongé.

Le cockpit a été détruit par les balles. L'homme qui la dirigeait a perdu le contrôle et s'est écrasé deux cents mètres plus bas sur un chasseur américain.

Ils se sont tous les deux matériellement désintégrés.

« Attention, Andrews ! "Averti le colonel." Il a une queue jaune ! Plonger et remonter à reculons.

Ses mains agrippaient les leviers. L'avion obéit aux commandes et plonge comme une avance de cinq cents mètres en décrivant une ellipse, pour se positionner derrière deux avions japonais essayant de le coincer.

Les mitrailleuses crachaient du plomb. Celui de droite a commencé à se balancer d'une manière alarmante. Dan venait de sortir de sa dangereuse situation et son avion était maintenant perdu dans la brume épaisse qui s'élevait de la mer. Avec deux passes rapides, il mitraille les postes de défense antiaérienne avec de bons résultats. D'autres avions aux États-Unis ont répété l'exploit du brave Harrison, et deux d'entre eux ont été touchés par des coups directs sur les moteurs.

L'un des pilotes a sauté en parachute, tandis que l'avion qu'il pilotait tombait à la mer en proie aux flammes. Le colonel a essayé de ramasser le garçon dans une tentative risquée, mais il n'a pas réussi.

Dan s'est envolé après un nouvel ennemi et en plein essor, il a aspergé le ventre japonais d'une généreuse quantité d'obus, dont certains ont complètement ébréché l'hélice de l'avion, qui est immédiatement parti en vrille.

Le combat a pris des personnages passionnants. Sur les vingt avions japonais qui étaient venus à sa rencontre, plus de la moitié avaient été détruits. Les autres continuèrent le combat dominé par un fanatisme et un courage qui dépassaient la limite de l'invraisemblable.

D'autres avions de renfort sont partis de l'île de Guam. La moitié des combattants et des forteresses volantes de l'Union s'étaient dirigés vers la base de Guam.

La distance qui séparait Saipan de Guam fut parcourue en peu de temps et ces braves garçons jetèrent la charge de leur avion contre les concentrations de troupes ennemies et les navires de guerre ancrés dans les ports d'Apra et d'Inarajan, mettant le feu aux réservoirs de pétrole et de poudre les magazines. .

A cette occasion, les avions de la North American Air Force ont subi des pertes considérables. La potentialité de l'artillerie antiaérienne ennemie et le courage de ses pilotes de chasse, donnaient la réplique à l'action suicidaire de l'adversaire.

Le colonel Lester ordonna la retraite après avoir couvert l'objectif. Libérées du fardeau qu'elles traînaient quelques minutes plus tôt, les forteresses ont pu s'élever à des hauteurs considérables. Les combats entre les combattants japonais et américains se sont poursuivis pendant longtemps. Les unités de l'Empire japonais poursuivirent celles de l'ennemi, qui dut se multiplier à maintes reprises pour contrer cette poussée écrasante.

L'escorte d'avions de protection a rempli sa mission à la lettre. Les bombardiers se trouvent bientôt à la périphérie de l'attaque japonaise, freinés par le courage et l'élan de ces braves soldats, qui donnent à leurs adversaires la possibilité de se battre n'importe où et n'importe quand.

Fred Andrews ne pouvait pas contenir sa joie.

Quatre chasseurs ennemis avaient pris feu sous le feu de leurs mitrailleuses et ce fut un triomphe retentissant dès leur première sortie. L'avion a eu plusieurs coups mineurs, et celui de Dan a montré la sévérité d'un combat désespéré contre un adversaire quatre ou cinq fois plus grand.

Par la radio, le colonel a félicité ses hommes pour leur exploit. Les observateurs de bombardiers avaient pris des photos des effets de l'action, réalisée dans toute son ampleur.

Ils ne pouvaient pas calculer le nombre de navires ennemis détruits dans les ports d'Apra et d'Inarajan, car les colonnes de fumée des réservoirs de carburant rendaient la visibilité assez difficile.

Les Japonais faisaient un dernier effort à ce moment-là. Dix de leurs combattants avaient atteint des hauteurs considérables et tombaient comme une avalanche contre les traînards américains.

Loin de fuir, ils affrontèrent l'ennemi.

Le combat était serré. Encore une fois, ces hommes ont fait preuve de courage et de courage, soulignant la magnifique formation qu'ils avaient reçue et la connaissance approfondie du combattant qu'ils avaient piloté.

Dan était à nouveau entouré d'ennemis, mitraillant sans cesse dans toutes les directions. Fred courut à leur secours une seconde fois, suivi de près par l'équipage du colonel Lester.

Il entendit le sifflement des balles au-dessus de son cockpit. Des trous importants sont apparus dans la partie supérieure de celui-ci, mais les projectiles n'ont pas touché le pilote. Il se retourna et se dirigea vers eux, crachant du plomb.

L'une de ses rafales a touché un avion ennemi dans le réservoir de carburant. Il a été englouti par les flammes et son moteur a explosé à deux cent cinquante mètres sous le lieu du combat.

Cette scène ne devait pas plaire aux autres aviateurs japonais, qui s'envolèrent et se perdirent rapidement au loin.

« Ils ne nous dérangeront plus » annonça le colonel « Dirigez-vous vers la base et... fuyez !

Vers le crépuscule, les avions nord-américains restants ont fait leur entrée en Nouvelle-Guinée. Le colonel montrait la voie, menait la formation. Plusieurs forteresses volantes planaient par pur miracle. L'un d'eux présentait un trou impressionnant dans le fuselage, causé par un impact antiaérien.

D'autres ont fait étalage des innombrables orifices des rafales de mitrailleuses et plusieurs membres de l'équipage ont été grièvement blessés.

Ils firent le débarquement en parfait ordre. Les combattants furent les derniers à quitter le ciel et la terre.

La voiture du général Thompson les a rejoints. Lester avait été chargé de communiquer par radio, lui notifiant l'atteinte de l'objectif indiqué et le nombre de défaites, ainsi que le nombre de victoires remportées.

Fatigués, épuisés matériellement par l'effort, les pilotes, observateurs, bombardiers et télégraphes ont traversé la piste numéro 1 en caravane en direction des hangars.

Ils avaient fait leur devoir et étaient satisfaits.

Maintenant, reposons-nous et attendons pendant des jours successifs les ordres du commandement, qui mettraient à l'épreuve le courage et l'habileté de ces braves hommes.

CHAPITRE III

Les sorties se succédaient sans interruption. À travers ces jours de conflit total, Fred était endurci au combat. Il trouve une joie infinie lorsque son groupe reçoit des ordres de décollage et se voit confier la mission d'attaquer un convoi naval japonais ou une formation de troupes de débarquement.

Les forces aériennes des États-Unis commençaient à s'imposer dans l'espace vital du Pacifique, sans pour autant avoir pu couper les mouvements rapides de leurs adversaires qui, d'île en île, semblaient vouloir éloigner de l'empire japonais tout danger qu'ils pourraient porter. à lui les troupes ennemies.

De nouveaux contingents de navires de guerre, des divisions du Corps des Marines et de l'Aviation, ont continué d'arriver aux bases.

En peu de temps, un service aérien efficace avait été mis en place qui a donné au puissant ennemi une réponse sur tous les terrains.

Fred, comme Dan, avait le grade de lieutenant, en raison de son action courageuse à la guerre.

Le premier continuait à recevoir des lettres d'Amérique. Cristina ne l'a pas oublié. Ses lettres étaient d'encouragement et d'espoir. Mais il vint un moment où ceux-ci n'étaient plus reçus. Deux mois passèrent et le silence resta complet, un silence qui causa le mécontentement et l'angoisse de Fred et la joie de Dan Harrison.

La petite ville où était établi le quartier général de la 7e division aérienne était sans importance. Ses habitants étaient des indigènes sales et mal intentionnés. Il n'y avait pas d'autres hommes blancs qu'eux et le représentant du gouvernement néerlandais dans le pays.

Ils n'auraient pas non plus hésité à trouver des femmes de la même race. Ils n'avaient pas le temps de s'amuser et même de ne pas pouvoir répondre régulièrement à la correspondance qu'ils recevaient de leur famille.

Ils ont vécu la guerre intensément. Ils étaient séparés de la civilisation et n'avaient d'autre mission ou distraction que de se battre, de se battre toujours, sans donner de trêve à l'ennemi.

Dan a continué à montrer son antagonisme à Fred Andrews. Il n'a même pas été ému aux différentes occasions où son ancien ami a donné sa vie pour empêcher son avion de chasse d'être abattu au cours d'un combat aérien. Il l'a considéré comme un moyen bien prémédité de reprendre ces relations amicales qui avaient été tronquées dans la boîte de nuit new-yorkaise.

Les événements qui se sont produits cette nuit-là et la tromperie que Cristina utilisait pour se moquer de son affection ne la quittaient pas. Il voulait se venger, et chaque jour qui passait, ce désir dévorant devenait plus fort et plus intense.

De retour d'un raid aérien, Dan se dirigea vers le bureau de poste. Il n'y avait pas de lettre à son nom, mais il y en avait une adressée à son antagoniste. Il reconnut l'écriture. C'était de sa fiancée.

Il a essayé de le détruire, mais s'est rendu compte qu'il serait insensé de le faire sans le lire. Son contenu le força à haleter. Cristina avait quitté les États-Unis et se trouvait dans une ville d'Australie, faisant partie du Corps féminin de la Croix-Rouge.

Elle demanderait à Fred de demander la permission et d'aller lui rendre visite.

Andrews n'a plus reçu de lettres. Si jamais une lettre de Cristina arrivait à l'aérodrome, Dan s'empresserait de la faire disparaître, sans que le jeune maître de poste éclaircisse l'énigme entourant le silence de la fiancée du lieutenant.

À deux reprises, il a demandé la permission et a quitté le camp. Fred ne savait pas où il allait ni quelles étaient ses incursions en Australie.

La guerre continua à plein régime. Les formations nord-américaines repoussent l'ennemi et un an après avoir rejoint les rangs, elles parviennent à expulser l'ennemi de l'archipel de Bismark et les divisions du Corps des Marines attaquent Guadalcanal.

A cette occasion. Fred a été appelé au bureau du général Thompson. Il était accompagné du colonel Lester et de quelques officiers.

« Demain nous avons une mission spéciale » annonça le colonel. Vous vous êtes distingué par le nombre d'opérations effectuées, lieutenant. Mais ce sera l'un des plus dangereux. On sait que des contingents de troupes de renfort partent de la base japonaise aux Moluques, appuyés par l'escouade japonaise, pour maintenir à tout prix les îles qui se trouvent devant le continent australien. Il s'agit de donner un raid aux navires de guerre de l'Empire.

« Quelle est la mission mienne, colonel ?

« Cette fois, il s'occupera d'un bombardier. Le lieutenant Dan Harrison servira de copilote et la formation se composera de cinquante forts et de quarante avions de combat et de protection. Le départ : à l'aube. Ayez tout prêt.

"À l'ordre!

Il a essayé de se louer, mais le général l'a arrêté.

« J'ai entendu dire que vous n'êtes pas ami avec Dan Barres, lieutenant. Avez-vous eu des litiges récents ?

« Non, mon général. C'est arrivé à New York, mais ça n'a pas d'importance.

« Il apparaît dans ses états de service que plusieurs fois il a exposé sa vie pour sauver celle de cet homme.

« C'était une question de camaraderie. Nos querelles particulières n'ont rien à voir avec notre mission officielle. Je l'ai aidé, comme j'ai pu avec n'importe lequel de nos collègues.

« Trouvez-vous un obstacle à ce que Dan fasse partie de votre équipage ?

"Non monsieur.

« Vous commanderez votre avion et Dan sera le deuxième officier à bord. Ils seront tous sous votre commandement et vous obéirez à l'ordre du colonel Lester. Si cette opération se passe bien, il bénéficie d'un congé de cinq jours.

"Merci mon Seigneur !

"Et la promotion au grade de capitaine, Andrews" ajouta le colonel en souriant.

Fred ne répondit pas. Il a quitté le bureau du général Thompson avec la certitude que lorsque ces promesses lui ont été faites, c'était un signe qu'il ne s'agissait pas exactement d'une excursion récréative.

Il entra dans le pavillon. Dan était dedans, avec d'autres officiers. Elle ne regarda même pas l'homme avec qui elle allait risquer sa vie le lendemain.

Le sergent adjoint du général Thompson a appelé Harrison pour se présenter au bureau du général.

À son retour, il était morose. Fred comprit qu'il devait avoir reçu l'ordre de voler le lendemain en sa compagnie et cela lui déplaisait beaucoup, surtout quand il serait le patron et que l'autre se contenterait d'exécuter ses ordres sans répondre.

Cette nuit-là, ils se retirèrent tôt pour se reposer. L'équipe au sol a commencé son travail dans la soirée. Les combattants étaient prêts en un rien de temps, leurs chars débordant d'essence. Les forteresses ont reçu la cargaison mortelle qu'elles devaient transporter le lendemain vers l'objectif indiqué par le Commandement.

Toute la nuit, ces hommes se sont déplacés avec une énergie inlassable. Des milliers et des milliers de tonnes de bombes stockées dans des cuves souterraines en ciment ont été contrôlées et la plupart d'entre elles ont été transportées au pied des forteresses volantes.

Le météorologue a déclaré que le temps serait clément et n'entraverait pas l'opération qui allait avoir lieu, bien qu'il y ait une possibilité que la mousson souffle des côtes de la Chine, atteignant peut-être la partie nord de l'Océanie dans son rayon d'action. .

Mais cela devait arriver après le bombardement.

Fred n'arrivait pas à chasser le souvenir de Cristina de son esprit. Son silence n'avait aucune explication pour lui. Il lui a toujours écrit régulièrement et n'a jamais rien annoncé qui puisse briser ces relations amoureuses. Que deviendrait-elle ? Quelle était ta situation aujourd'hui ?

« Quelque chose a dû lui arriver ! « Il est possible que j'oublie de cette façon ! Est-elle malade? "

Des questions sans réponse venaient à son imagination, sans pour aucune raison qu'il pensât aux basses manœuvres dont Dan le victimisait.

Il dormait peu. Vers cinq heures du matin, le sergent-adjoint du général transmet l'ordre de son patron. Les pilotes quittèrent le lit et, comme à tant d'occasions, reçurent la bénédiction de l'aumônier et se préparèrent à décoller.

Fred prit sa place aux commandes. Dan se tenait à côté de lui et posa ses mains sur les leviers qui déplaçaient les ailerons. Derrière eux se trouvaient l'observateur, le sergent mécanicien et le lieutenant de bombardement.

Le directeur de la piste ordonnait les sorties. Ils ont décollé presque le dernier, et après les lourds engins de bombardement, les combattants ont suivi.

De retour a l'action.

Il y avait une brise fraîche qui soufflait, mais le temps était doux. Les nuages épais qui formaient une voûte capricieuse dans l'espace infini, ne gênaient pas leur visibilité. Ils volaient à huit mille pieds au-dessus de l'océan.

Par le téléphone interne, Fred s'adressa à l'observateur.

Hé, Dick ; Combien de vols avez-vous effectués ?

« Vingt ans, lieutenant.

« En tant qu'observateur ?

"Oui Monsieur.

"Je vous fais confiance. Notre cible, ce sont les porte-avions japonais. Lorsque vous repérez l'escouade, faites-le moi savoir et indiquez-moi la direction de ces navires de guerre. Nous allons les faire exploser en mille morceaux.

« Ils sont ma spécialité, lieutenant. Jusqu'à présent, nous n'avons coulé que des navires de transport et des navires de toutes sortes. Mais nous n'avions jamais joué avec l'ensemble de l'équipe japonaise.

« Je crois que certains des navires qui les composent se trouvent à Sulawesi. La formation la plus puissante est située à l'est de Mindanao, aux Philippines. N'importe quel jour, le général Thompson nous enverra contre cette île.

« Ce sera une opération majeure. Et j'aimerais beaucoup y participer.

« Nous devons d'abord nous soucier de bien nous sortir de cette opération. Nous aurons le temps de penser à l'autre. Avez-vous tout prêt ?

"Tout.

« Et les canots pneumatiques ?

« Ils sont près de l'écoutille. Si nous devions quitter l'avion, aucun d'entre nous n'aurait de difficulté à les utiliser. Avant de prendre le vol, je les ai personnellement vérifiés.

Fred était silencieux. Il jeta un coup d'œil à Dan. Il était toujours attentif et ses yeux fixaient la surface ondulante de l'océan.

Les heures passaient normalement.

Lorsque les avions ont commencé à voler dans le ciel dominé par l'aviation japonaise, près de l'île de Timor, le colonel Lester a ordonné à 2 500 pieds supplémentaires de s'élever.

Vers trois heures de l'après-midi, ils atteignirent les côtes de Célèbes et des Moluques.

Les forteresses sont restées à l'écart, tandis que les combattants de protection et de reconnaissance exploraient les falaises. Ils sont revenus peu de temps après. Ils avaient vu une concentration de navires de guerre au nord de l'île.

Cela leur montra que les navires de l'escadre impériale japonaise se consacraient à exercer un contrôle étroit dans ces eaux, jusqu'à ce qu'ils reçoivent l'ordre du Commandement d'effectuer une nouvelle opération de débarquement ou de transport.

"Attention ! Lester ordonna. Bataille ! Divisez-vous en deux groupes et attaquez par l'Est et par l'Ouest, en formation.

Comme si les avions avaient été déplacés par la main du colonel qui commandait l'opération, ils se divisèrent en quelques secondes dans les côtés indiqués. Les chasseurs sont restés au centre, avec pour mission d'attirer les avions japonais et de les combattre, tandis que les forteresses volantes couvraient leurs objectifs.

Une nuée de chasseurs japonais a décollé des porte-avions, revenant à la rencontre des Américains.

Le premier contact avec l'adversaire a eu lieu dans le ciel de l'île. L'assaut a été brutal. Quatre avions sont tombés après une horrible collision, au cours de laquelle ils ont pris feu et leurs moteurs ont explosé dans les airs, entraînant leurs ennemis avec eux.

Les mitrailleuses s'entrechoquaient.

Le colonel Lester, à la tête de la formation de chasse, ouvrait la voie aux forteresses volantes, qui dans deux directions différentes, Est et Ouest, chargeaient les navires de guerre. Celui en tête était piloté par Dan et Fred.

L'artillerie antiaérienne est entrée en service. Le ciel se remplissait de nuages duveteux de grenades et de furieux déplacements d'air secouaient à plusieurs reprises les gros avions qui approchaient.

Andrews a piqué. La puissante structure du dirigeable frémit, et l'anneau scintillant des hélices semblait percer le coton d'un nuage qui passait.

Trois porte-avions ont été remarqués à côté de la rade d'un des petits ports. Les machines de chasse ennemies décollaient de lui.

La proue de la forteresse se dirigea vers eux. Une horrible explosion a secoué l'appareil et Fred a regardé en arrière. Le moteur droit de l'un des gros bombardiers qui a suivi, a commencé à s'enflammer. En quelques minutes, les flammes ont complètement englouti l'avion, qui a fait un tangage tragique et a coulé dans la mer, à environ cent cinquante mètres du premier cuirassé de l'Empire.

L'observateur resta attentif. Le bombardier serrait le levier qui libérait les bombes lourdes de leurs crochets et avait ouvert les écoutilles, attendant avec impatience l'ordre de son partenaire.

Un large demi-cercle a été tracé. Surmontant la résistance obstinée des chasseurs ennemis, Fred réussit à positionner l'avion en ligne droite vers l'un des ponts du porte-avions.

La voix de l'observateur résonna dur et énergique :

« Cible localisée ! Lâchez les bombes !

Il y eut un sifflement. La forteresse s'éleva et tout dans son ventre tomba à une vitesse effrayante.

Derrière la queue de l'avion, ils ont vu une colonne de fumée noire et de flammes s'élever à près d'une centaine de mètres de haut. Le premier des porte-avions avait été touché en plein milieu de la piste, et tout s'était effondré.

La forteresse revint après avoir fait un tour complet. Les avions restants de sa classe essayaient de localiser les destroyers et le cuirassé. Une autre machine américaine a été touchée par une grenade sur les commandes. Il perd le contrôle de la stabilité et tout son équipage saute en parachute.

Fred a maudit ces nains jaunes. Les cinq hommes qui constituaient la maigre force de la forteresse ont été mitraillés avant de toucher terre ou de tomber dans la mer.

Cela enflamma le sang de ces hommes puissants.

"Sois prêt! "Cria le lieutenant Andrews." Donnons un laissez-passer à ces coquins ! Attention aux mitrailleuses ! Tir rapide quand on est près du pont du deuxième porte-avions !

Culminer. La forteresse a basculé sur le côté, puis s'est dirigée vers le vaste pont du gigantesque navire. Jets de balles et tirs des quatre mitrailleuses. Les hommes tirant depuis l'une des batteries avant du porte-avions sont tombés, abattus et les moteurs de destruction ont cessé de gronder.

Cet acte de courage a entraîné la possibilité que les avions restants soient bombardés. De nouveaux incendies ont éclaté sur les navires restants. L'un des destroyers a été touché par une bombe dans la salle des machines et a explosé, envoyant une gigantesque colonne d'eau dans l'espace.

Depuis son appareil, Lester rapporte :

« Lâchez le reste des bombes ! Objectif plus qu'atteint ! Nous sommes revenus !

L'un après l'autre, ils laissèrent tomber la charge mortelle ; puis ils se regroupèrent et repartirent en longeant l'île par le nord. Les combattants étaient toujours engagés dans une bataille redoutable.

Soudain, trois avions japonais sont tombés sur l'avion du colonel Lester et l'ont mitraillé avec un terrible succès. Le colonel a sauté du cockpit et le parachute s'est ouvert cinquante mètres plus bas.

La voix de l'observateur fit jurer Andrews :

« Le colonel a été abattu.

« Où est-il ? demanda-t-il avec angoisse.

« Il a pu sauter en parachute ; mais il est certain qu'ils le mitrailleront avant qu'il n'atteigne terre.

Il n'y a pas pensé. Il manœuvra les commandes de la forteresse et l'appareil se pencha de côté, en direction de l'endroit où l'on apercevait le corps basculant du chef de la flottille aérienne.

« Qu'est-ce qu'il essaie de faire ? Demanda l'observateur, stupéfait.

Maintenant, vous verrez. Il serait inhumain de laisser notre patron tomber entre les mains des Japonais ou d'être mitraillé de manière inhumaine. Allons y pour ça.

« Êtes-vous fou, lieutenant ? Voulez-vous tous nous tuer pour sauver la vie d'un homme ?

« Taisez-vous, sergent !

"Tu n'as pas à te taire" répondit Dan en se levant de son siège. Son visage était pâle et une ferme résolution se lisait dans ses yeux.

"Ils ont vite oublié que je suis le chef de cet équipage", a répondu Andrews. Nous partirons à la recherche du colonel même s'il n'en reste aucun vivant. Je ne le fais pas parce que je suis le chef de la formation. Il ferait de même, sans une seconde d'hésitation, pour tous ceux d'entre vous qui auraient une chance d'être sauvés. Que chacun prenne sa place. J'oublierai ce qui s'est passé.

Un sourire méchant illumina le visage pâle du lieutenant Harrison. Le moment était venu de pouvoir exposer à son ennemi une affaire en suspens depuis New York. Sa main droite agrippa fermement une clé et se dirigea vers lui. L'observateur a pris les commandes.

« Tiens bon, Harrison ! » ordonna Andrews d'une voix de tonnerre. Arrêtez ou il devra vous alourdir !

« Aucun de nous n'est content de toi, Andrews. Personne n'a envie de mourir pour le colonel afin que vous puissiez conquérir des lauriers qui ne peuvent vous être d'aucune utilité. Nous avons reçu des commandes de retour et nous reviendrons.

« Je vous rapporterai tous au général Thompson. Je ferai former pour vous un conseil de guerre. Vous êtes un raccourci de lâches.

Incapable de se contenir, il sauta sur le lieutenant. Il esquiva magnifiquement le coup de l'autre avec la clé à molette et le renversa contre le cockpit d'un coup au ventre. Puis il en a répété un autre avec sa gauche jusqu'au menton et a continué à frapper jusqu'à ce qu'il sente ses bras s'engourdir.

« Tu me devais cette satisfaction, Harrison ! J'en ai envie depuis longtemps !

Il le regarda avec mépris. Le visage de Dan Harrison était couvert de sang et il avait perdu connaissance.

« Lieutenant Slatery !

"À l'ordre!

« Prenez votre poste d'observation.

« Je suis un bombardier, monsieur.

« Cela n'a pas d'importance du tout. Le sergent Dick est relégué de son poste et, avec le lieutenant Harrison, ils seront jugés pour rébellion. Dites-moi où et dans quelle situation se trouve le colonel. Vite!

« Il n'a pas encore atterri. Les trois avions japonais se dirigent vers lui en ce moment.

Andrews n'avait pas besoin d'en savoir plus. Il reprit les commandes et se lança à une vitesse écrasante vers l'endroit où les avions japonais approchaient du chef de la flottille aérienne.

Lester n'avait pas eu le temps de ramasser son pistolet et était désarmé, à la merci de ses adversaires. Il les a vus voler vers cet endroit et il s'attendait à voir le tir rapide des mitrailleuses, qui allaient le coudre à balles.

Soudain, il sembla prendre conscience des manœuvres de la forteresse volante. Ses yeux s'illuminèrent de joie ; mais il comprit en même temps que cet effort de ses hommes allait être stérile.

La forteresse avançait rapidement. Leurs mitrailleuses, merveilleusement maniées par le lieutenant Slatery, se mirent à cracher des tirs. L'avion le plus proche a piqué. Une explosion avait mordu le pilote japonais en plein visage et Andrews lui-même a eu l'occasion de le voir mettre ses mains sur son visage et tomber lourdement sur les commandes. Un virage formidable devait impressionner la forteresse pour empêcher cet avion de s'écraser sur eux.

Les deux autres rechargés. Slatery sentit le plomb ennemi se déchirer dans sa chair et tomba mollement sur la chaise occupée par le lieutenant Harrison.

Alors l'observateur courut à son poste. Il ressemblait à un autre homme. Le courage de ses compagnons avait ravivé en lui tout le courage dont il avait fait preuve tout au long de ses vingt et un vols d'opérations.

Accroché aux mitrailleuses, il se mit à tirer. Il a demandé au lieutenant Andrews de suivre l'avion ennemi et de positionner le fort en ligne droite vers eux. Il devina chez les Japonais le désir d'accomplir un de ces « jibaku » coutumiers, typiques du fanatisme de leur race.

Il a visé le centre de l'hélice à droite et a tiré.

Les Halas creusèrent dedans et firent sauter l'une des lames comme un faible roseau. Le mouvement brusque de l'avion japonais a donné lieu à un virage impressionnant.

Il y avait un rugissement très fort. La forteresse chancela et faillit partir en vrille.

Faute de propulsion, l'avion japonais avait fait dériver son vol vers la droite, s'écrasant puissamment contre l'autre piloté par son compatriote.

Le spectacle ne s'effacerait jamais de l'esprit de ces hommes.

Les deux avions, fondus entre les flammes et la fumée, décrivaient de larges spirales descendantes, pour ensuite s'effondrer, laissant une traînée dans leur sillage.

Andrews a vu le reste des chasseurs américains se battre farouchement contre leurs adversaires. Si ce combat durait encore quelques minutes, il pouvait être sûr que le colonel Lester reviendrait à la base.

CHAPITRE IV

C'était très proche de la terre. L'île de Sulawesi comportait une plage spacieuse, agrandie à marée basse. Le parachute qui soutenait le colonel descendait dans cette direction. Sur les falaises, il y avait quelques figures humaines et de grands pavillons élevés sur la partie la plus élevée du plateau.

Ils ont tiré avec leurs fusils. Il y avait des volutes de fumée qui laissaient les armes à feu s'échapper à chaque tir.

Andrews craignait qu'ils ne heurtent le chef de la flottille et ne laissent la forteresse plonger au sol. Il effleura les falaises à deux reprises et envoya plusieurs rafales de mitrailleuses sur les Japonais, les forçant à se cacher parmi les rochers. Certains ont été mortellement blessés.

Le colonel toucha le sol. Il n'essaya pas de se lever du tas de soie et de corde, craignant que les Japonais n'ouvrent le feu sur lui.

La forteresse venait dans cette direction. Il avait largué les ailerons et se préparait à atterrir.

Lester a essayé de se lever et de courir vers eux, mais n'a pas pu bouger. Il a ressenti une vive douleur dans une jambe. L'une des balles ennemies doit l'avoir finalement blessé et il a subi une fracture du fémur droit. Le sang jaillissait.

Quelques rafales de mitrailleuses provenaient des falaises. Des balles ont éclaboussé le sable à quelques mètres de l'endroit où Andrews venait d'installer la machine. Il ajusta son réticule sur la pente d'où venaient les coups de feu et mitraille cet endroit pendant quelques secondes.

« Fou ! Cria Lester. Plus que fou ! Voulez-vous tous les perdre ?

Leurs cris ne pouvaient pas être entendus. Les roues de la forteresse touchaient doucement le sable et la douceur de celui-ci servait à l'arrêter immédiatement, avec le danger de chavirer.

Les moteurs ne se sont pas arrêtés. Le lieutenant Andrews a été le premier à sauter à terre, emportant avec lui l'une des mitrailleuses auxiliaires de l'avion. Derrière c'était le sergent Dick.

Dick courait vers le colonel. Il coupa les cordes du parachute avec le couteau et porta le corps du colonel sur son dos robuste ; marchant vers l'avion. Un cri infernal scandait cet acte d'héroïsme. Les Japonais avaient émergé du côté du rivage de la plage et avançaient vers l'avion.

« Vite ! cria Andrews. Mets le colonel dans l'avion et prends les commandes !

« Tu vas rester là-bas ?

« Je les empêcherai de s'approcher jusqu'à ce que vous soyez en route. Vous avez assez de place pour décoller. Connaissez-vous le mécanisme, Dick ?

« Comme le dos de mes mains, monsieur.

« Allez-y alors !

Ce n'était pas une tâche facile d'introduire le colonel par la trappe de l'appareil. Derrière lui, l'observateur entra, prenant immédiatement position aux commandes. Les ronflements des moteurs s'accentuaient. Les roues se mirent à bouger et avancèrent sur le sable.

Il a vu Andrews se pencher sur la mitrailleuse et tirer sur ses ennemis. Les rafales tenaient les soldats jaunes à distance et beaucoup d'entre eux avaient mal roulé sur le sol.

"Allez, lieutenant ! hurla l'observateur.

« Go Go ! » C'était l'ordre d'Andrews. Il a tiré les derniers coups laissés sur la bande et a bondi vers l'un des ailerons de l'avion, serrant fermement les câbles. L'air a fouetté son corps violemment, à cause de la vitesse que Dick donnait à la forteresse volante à ce moment là.

Les balles pleuvent dans tous les sens. Ce serait un miracle du Tout-Puissant si ces hommes pouvaient prendre leur envol sans être endommagés, ni eux ni l'avion.

Les roues sont sorties du sable, où une profonde rainure avait été laissée. Un frisson sembla faire bouger tout le vaisseau.

Andrews jura. Le train d'atterrissage venait de s'écraser contre les rebords des rochers et, arraché de ses racines, s'était perdu dans le vide. Mais la machine montait toujours à la vitesse d'une boule de feu.

Les balles ennemies ne l'atteignaient plus.

Dick a manipulé l'avion avec enthousiasme, compensant ainsi son manque de connaissance technique des commandes. Il baissa les yeux plusieurs fois et ne découvrit pas le lieutenant. Il croyait avoir été tué.

Andrews est resté attaché au fil. Ses mains lui faisaient mal et une sueur froide coulait sur son front. Une sueur amère, qui semblait indiquer la fin de son existence.

Dans ces moments d'angoisse, ses souvenirs jaillissaient de son imagination à la va-vite. Cristina, la femme bien-aimée, semblait se refléter dans le bleu de cette mer traîtresse, où beaucoup de ses compatriotes avaient trouvé la mort.

Partout il semblait la voir. Qu'est ce que je ferais? Que deviendrait-elle s'il mourait ? Où était-il? Pourquoi ce silence angoissé ?

Les nuages l'enveloppèrent un instant. Il semblait voir des taches de sang à travers eux. Ces nuages avaient été les témoins silencieux de la fin tragique de nombre de ses camarades. A travers eux était le chemin de la mort et du désespoir.

Mort dans les nuages ! C'était sa meilleure qualification.

Il a essayé d'avoir une bonne prise sur l'aileron, mais la force du vent l'a emporté. Il était inutile de crier et de demander de l'aide à ses compagnons, car le puissant rugissement des moteurs couvrait sa voix et il était impossible à quiconque de l'entendre.

Plusieurs fois, il a été tenté de desserrer ses doigts et de tomber dans le vide. Mais le souvenir de cette belle fille qui l'aimait et aspirait à son retour le contenait.

Il crut voir la tête de l'observateur jeter un coup d'œil à travers les judas du pont métallique du cockpit. Elle cria instinctivement, dans une impulsion imparable, et une joie intense parcourut son corps.

Dick était là. Il l'avait cherché. Peut-être qu'il n'était pas au courant de son action lorsque la forteresse a pris la fuite et croirait que les Japonais l'avaient assassiné.

De nouveau, le garçon regarda. Il portait une bobine de cordes à la main. Qui piloterait la forteresse ? Il pensa au colonel. Le brave militaire pouvait faire des miracles tant qu'il lui restait quelques secondes à vivre.

Dick a jeté les cordes et elles se sont écrasées contre son corps. Il en saisit un avec sa main droite, tenant toujours l'épais fil d'aileron. A ce moment, il réalisa qu'il était encore serré. Dick avait raison. Sa voix lui parvint presque étouffée par la fureur du vent.

« Lâchez-vous, lieutenant ! Je vais le hisser à bord !

Il a obéi. Sa main gauche a lâché le câble et il a été instantanément traîné violemment vers la queue de l'appareil. Puis il se balançait encore et encore jusqu'à ce qu'il pend près du fuselage, comme un parasite accroché à un pachyderme.

Il s'est rendu compte qu'il était hissé et quelques minutes plus tard, il a vu le visage joyeux de l'observateur à côté de lui. Ses yeux étaient humides de larmes et son visage était pâle comme de la cire.

« Bon courage, monsieur ! « S'exclama le sergent, cryptant toutes ses forces dans la dernière tentative. » Accrochez-vous bien au bord du cockpit ! Je vais t'aider à sauter !

Il l'a fait. Plusieurs fois, il était sur le point de glisser et de s'enfoncer dans le vide, mais il a fini par s'accrocher et être tiré d'un coup sec dans le cockpit. Il tomba au sol épuisé. Il n'avait ni la force de parler ni d'exprimer d'une autre manière la gratitude qu'il ressentait pour ce brave garçon.

Dick avait été comme il l'avait toujours fait. Peut-être que dans un moment de chaleur, il a essayé de se ranger du côté de Harrison et d'aller à l'encontre de ses souhaits. Mais il était digne de confiance.

Il s'appuya contre les parois de l'avion et embrassa avec enthousiasme l'observateur.

« Merci, Dick ! Je n'oublierai jamais ! Qui conduit ? Harrison ?

« Non. Harrison est toujours inconscient, monsieur.

« Et Slatery ?

« J'ai peur que nous ne puissions rien faire pour lui. Il a une balle dans la poitrine. Il a été blessé par une balle explosive. J'ai reconnu sa blessure et j'ai été horrifié. Il manque quelques côtes et présente un grand manque. Ces coquins tirent avec des balles que nous n'utiliserions pas contre notre pire adversaire. C'est le colonel Lester qui pilote, monsieur.

« Comment va le colonel ?

« Je vous ai vu pleurer, mon lieutenant. Je l'ai entendu parler de nous et il est très excité. Il a une fracture ouverte à la jambe droite et a perdu beaucoup de sang. Il m'a demandé d'attacher une corde sur sa cuisse pour arrêter le saignement. Par votre ordre, je vous cherchais, mon lieutenant. J'ai jeté un coup d'œil à l'extérieur et j'ai pu le voir. Cela a été une grande chance.

« Vous êtes un homme courageux.

« Qu'avez-vous l'intention de faire à notre retour à la base ? Allez-vous dénoncer Harrison et... moi ?

« Je ne veux pas que cela soit connu. Le pauvre Slatery est mort et il aurait été le seul à réclamer une punition. Que Dieu l'ait dans la gloire. Je ne veux pas faire de mal à Harrison, mais je demanderai d'une manière diplomatique son soulagement immédiat de mon avion.

« Voulez-vous commander le mien aussi, monsieur ?

« Non, Dick. Tu viendras à mes côtés jusqu'à ce que cette guerre soit terminée ou que nous soyons tous les deux abattus. Et je pense que ce dernier sera très difficile pour les Japonais, tu ne penses pas ?

"Bien sur monsieur.

Andrews a couru jusqu'à l'endroit où se tenait le colonel. Il salua militairement et dit :

« Je sais ce qui se passe, mon colonel ! Laissez-moi le commandement et reposez-vous ! Le sergent Dick peut panser ses blessures et s'occuper des lieutenants Harrison et Slatery.

"Mort ?

— Slatery a fini de voler, j'en ai bien peur, monsieur. Harrison est choqué. Dans un virage, il est entré en collision avec les leviers de commande et s'est blessé. L'attaque japonaise nous empêcha de le guérir à temps. Maintenant, j'ai quelque chose de sérieux à vous dire, colonel.

« Qu'y a-t-il, lieutenant ?

« Nous avons perdu le train d'atterrissage.

« Nous avons entendu une forte détonation, mais nous avons pensé que c'était l'un des ailerons.

« J'ai vu une partie du train tomber à la mer. J'étais sur le point d'être traîné avec lui. Les pistes de notre base ne sont pas bonnes et j'ai peur que nous ne puissions pas atterrir.

« Tu penses qu'on va y arriver ?

« Pourquoi dites-vous cela, mon colonel ?

« Nous avons de l'essence pendant quatre heures. Il y en a cinq que nous utiliserons pour atteindre notre base de. Nouvelle Guinée. Un miracle peut nous sauver de la mort, lieutenant. Avez-vous déjà eu peur ?

"Oui Monsieur.

"Et moi aussi. Je l'avais quand je descendais en parachute et j'ai vu les Japonais venir vers moi. Ce n'était pas la peur de mourir. C'était la peur d'être tué de sang-froid. Si j'avais eu une arme à portée de main, Je me serais senti en sécurité.

— J'en sais quelque chose aussi, monsieur. Je l'ai senti quand j'ai vu que mes mains glissaient du câble d'aileron et que personne ne pouvait m'entendre. C'était la peur de mourir, mais pas pour moi, monsieur.

Par qui, Andrews ? Pour une femme ?

"Oui monsieur. Pour ma petite amie. Je l'ai laissé à New York quand vous m'avez enrôlé dans cette arme. Je ne l'ai pas revue depuis. J'ai reçu des lettres et je n'ai pas eu de ses nouvelles depuis plus de trois mois. Je ne Je ne sais pas si elle est vivante ou si elle m'a oublié.

« Tu veux me dire ton nom ?

« Cristina Grant, monsieur !

« Hier soir, un câble a été reçu dans la salle de commandement du général de division. Il était daté de Sydney. Il a été signé par une femme et est venu à son nom.

« En êtes-vous sûr, mon colonel ?

« Je pense que je ne me trompe pas. Je l'ai lu. Je pensais le lui dire avant de partir, mais le général me l'a dit. Il a indiqué que non. Sa petite amie fait partie du Corps des infirmières de l'armée des États-Unis et sera bientôt en Nouvelle-Guinée.

« Cristina... en... Nouvelle... Guinée ? Oh Seigneur! Combien j'apprécie cette nouvelle !

« Ne soyez pas gai, lieutenant. N'oubliez pas que nous n'avons pas d'essence. N'oubliez pas que ce sont cinq heures qui nous séparent de la base et que nous n'avons qu'à voler pendant quatre heures.

Andrews était silencieux. Dick aida le colonel à descendre un paquet de couvertures et il prit le relais. Il devait faire quelque chose pour économiser de l'essence pendant cette période.

Il a arrêté un moteur de chaque côté et a continué à voler avec les autres. Il a perdu de la vitesse mais le vent soufflait maintenant. Il s'est rendu compte que la stabilité était encore assez bonne et a cru qu'il pourrait économiser le carburant nécessaire pour couvrir cette heure de vol.

Il a mis son arc en ligne droite et a attendu, sans perdre la foi en Dieu et en lui-même.

Le vent se levait. Il se souvint des paroles qu'il avait entendues de la part du météorologue de l'aérodrome, faisant référence aux moussons venant du large des côtes chinoises. Il craignait que l'un d'eux ne le rattrape. Alors oui, ils seraient perdus.

Les minutes passaient lentement. Dick était près du colonel. Lorsqu'il a terminé son travail d'attelle de la jambe et d'arrêt du saignement, il s'est rendu auprès du lieutenant Harrison. Dan était revenu à lui. Np ne savait rien de ce qui s'était passé, plus que cette dispute qu'il avait eue avec son adversaire.

Il fut surpris quand il vit le corps du lieutenant Slatery à côté de lui. Il jura et tituba sur ses pieds.

« C'est ce que tu voulais, Andrews ! "Il s'est excalmé." Il fallait vous débarrasser de nous pour gagner des lauriers ! Mais vous ne vous en sortirez pas !

Lester le regarda avec étonnement. Il ne comprenait rien à ce qu'il entendait. Il a vu Harrison marcher vers le commandement d'Andrews et a crié :

« Reste où tu es, Harrison ! Vous êtes en état d'arrestation et vous devrez clarifier ces propos devant le général Thompson !

Le jeune homme se retourna. Il voulait mourir subitement. Les mots ne sortirent pas de ses lèvres et elle pâlit jusqu'à la racine de ses cheveux.

« Per... don, mon refrain... nel ! » bégayant.

Il repoussa Dick et prit les leviers de commande. Il n'ouvrit plus les lèvres pendant tout ce temps. Il jeta seulement un coup d'œil au lieutenant Andrews. Mais son regard n'était plus empreint de haine. Que s'était-il passé pendant tout le temps qu'il avait été inconscient ? Qu'est-ce qui n'allait pas avec Slatery ? Comment avait-il pu secourir le colonel et lui sauver la vie ?

Tout cela faisait un vacarme terrible dans son imagination. Il marmonnait des mots inintelligibles. Lester était assez renfermé et ne pouvait pas l'entendre.

Puis l'observateur s'approcha de lui.

En quelques mots, il expliqua tout ce qui s'était passé. Il resta sans voix, ne sachant que dire.

Andrews est resté inébranlable, aux commandes de la forteresse volante. Les deux moteurs fonctionnaient toujours parfaitement. S'il avait dû transporter une cargaison de bombes, ces deux moteurs n'auraient pas eu assez de puissance pour le maintenir en l'air. De cette façon, le coût de l'essence était inférieur, bien que la vitesse ait également beaucoup diminué.

Sous l'avion, ils ont observé les côtes de l'île de Timor. La Nouvelle-Guinée était à portée de main.

« Comment allons-nous avec le gaz, Andrews ? Demanda le colonel.

« Il nous reste quelques litres, monsieur.

« Cela fait plus de quatre heures que j'ai annoncé ce qui se passait. Comment avez-vous réussi à économiser ce carburant ? Je ne me suis jamais trompé dans mes suppositions.

« Je n'ai fait tourner que deux moteurs. Nous volons au portant et cela a facilité une marche presque régulière. En d'autres termes, nous avons voyagé presque à la même vitesse, que nous aurions fait avec les quatre moteurs en marche.

"Où nous sommes ?

« Nous avons laissé le Timor derrière nous.

« Vous voyez l'un de nos avions ?

« Non monsieur. Ils doivent avoir atteint la base. Le colonel se tut. Andrews fit un signe à l'observateur et l'observateur prit sa place.

Fred atteignit le côté du colonel et s'assit à côté de lui.

« Je pense que nous n'arriverons pas à la base, mais nous pouvons atteindre les côtes de la Nouvelle-Guinée. Que pensez-vous qu'on puisse faire, mon colonel ?

« Avez-vous pensé à quelque chose ?

« Tout ce que je sais, c'est qu'on ne pourra pas sauver l'appareil. Nos pistes ne sont pas adaptées à l'atterrissage sans roues. Il n'y a aucun endroit dans toute la Nouvelle-Guinée où vous pouvez le faire.

« La même chose que j'avais pensé. Dans ce cas, nous devrons utiliser les parachutes.

« Nous n'en avons pas assez.

"Comment ?

« L'observateur a dû en casser deux pour fabriquer la corde avec laquelle il m'a fait monter dans l'avion à partir des câbles d'ailerons. Vous avez brisé le vôtre et celui du lieutenant Slatery.

Lester garda le silence. Son visage montrait l'agacement qui le dominait.

« Je ne sais pas quoi lui dire, car c'est très risqué de sauter deux personnes avec un seul parachute.

— Cela peut se faire d'une autre manière, monsieur.

"Comment ?

« Vous devriez sauter quand nous arrivons à terre. Je retournerai à la mer.

"De sorte que ?

« C'est le seul moyen de me sauver. Laisse-moi faire, veux-tu ?

« J'ai confiance en vous, lieutenant. Faites comme bon vous semble.

Andrews est retourné à son poste.

Pendant l'heure suivante, il continua à diriger l'appareil. Il s'est rendu compte que l'essence était sur le point de s'épuiser.

« Enfilez vos parachutes ! "Indien". Le moment est venu !

« Il en manque un ! répondit l'observateur.

« Obéissez ! Je parle pour le colonel Lester !

Harrison protesta, mais le regard dur du colonel le força à obéir.

Dick aida Lester à enfiler le sien. Puis le lieutenant Dan Harrison et enfin le sien.

« Je descends de mille pieds, colonel ! Sortez par la porte quand je donne l'avertissement !

Boitant, Lester s'approcha de l'écoutille. Dick et Harrison étaient à ses côtés. Ils pouvaient voir au-dessous les grandes forêts de la Nouvelle-Guinée et ses rivages hérissés de crêtes granitiques pointues.

Ils ne savaient pas où ils allaient tomber ni ce qui leur arriverait là-bas. Mais ils étaient prêts à tout.

CHAPITRE V

"À présent!

La voix du lieutenant Andrews était forte et autoritaire. Harrison a été le premier à sauter, tirant sur l'anneau quand il a pensé que le moment était venu. Derrière lui se trouvaient le colonel Lester et le sergent observateur.

Andrews les regarda glisser vers le bas et força la machine à virer presque en rond. Il perdait de la hauteur à mesure qu'il approchait de la côte. Il songea d'abord à sauter dans l'eau depuis l'avion et à traverser le rivage à la nage. Mais il a rejeté cette idée comme farfelue.

Les moteurs ronflaient désespérément. A tout moment la forteresse basculerait et toute tentative de salut serait impossible.

Il pensait avoir trouvé l'endroit qu'il voulait. Cette partie de la plage était en bon état pour tenter un atterrissage forcé ; plus il craignait que les moteurs ne prennent feu dans la collision. Il fallait faire les choses le plus soigneusement possible.

Il a continué à descendre. La forteresse volante s'inclina dangereusement. Leurs moteurs tombaient en panne, car ils gaspillaient les dernières gouttes d'essence qui restaient dans les réservoirs.

Il n'avait plus le temps d'aller à la plage. Il fallait tout risquer pour tout.

Il dégringola et, atteignant quelques mètres de la surface liquide, parvint à dominer l'appareil, son corps monstrueux frôlant les crêtes écumeuses des vagues.

Il a cassé la vitre de la cabine avec la clé et a sauté dessus. À ce moment, l'avion a basculé et a fait un tour complet de la cloche.

Andrews avait sauté à l'eau.

Il nagea vigoureusement vers la plage. Il avait un froid intense et ses muscles étaient raides ; mais sa volonté était invincible.

Il gagna la plage en une demi-heure et resta longtemps sur le sable. Il se sentait tellement épuisé qu'il ne pouvait pas se lever.

Quand il l'a eu, un long moment s'était écoulé. Les ombres de la nuit commençaient à s'étendre sur le paysage sombre. Il entra dans les arbres et chercha parmi eux quelque chose qui pourrait étancher son appétit vorace. Peu de temps après, il s'endormit, avec des noix de coco vides à côté de lui. Le colonel Lester et ses compagnons seraient chargés d'indiquer l'endroit où il était tombé, et il était certain qu'ils le chercheraient très bientôt. Il était content de lui...

Il avait fait son devoir et une grande satisfaction inondait son âme.

* * *

L'équipe de secours n'a pas tardé à se présenter. Quand Andrews est arrivé à l'aérodrome, il était trois heures du matin. Personne ne l'a dérangé. Même le colonel Lester ne l'a pas demandé. Ils ne l'ont pas non plus appelé le matin comme d'habitude.

Quand il se réveilla, il était douze heures du matin. Il s'est lavé et le petit-déjeuner a été servi.

Peu de temps après, le colonel parut dans sa chambre. Il arborait un sourire joyeux et s'appuyait sur deux béquilles. La pâleur de son visage indiquait une souffrance passée.

« Je voulais venir en personne pour vous féliciter, lieutenant. J'ai d'excellentes nouvelles pour vous.

« Merci mon colonel !

« Le général Thompson a demandé au haut commandement sa promotion au grade de capitaine et une croix de guerre. Vous savez déjà tout. Je le lui ai dit moi-même.

« Vous a-t-il parlé du lieutenant Harrison ?

"Non. J'espère que vous le faites.

« Je voudrais vous demander une faveur, monsieur.

«Ce sera difficile qu'il ne puisse pas l'accorder. Qu'est-ce que tu désires ?

« J'aimerais qu'ils ne parlent pas de ce qui s'est passé dans l'appareil. Harrison a été durement touché et ne savait pas ce qu'il disait. C'est un homme courageux et peut rendre des services pertinents aux États-Unis.

« Vous me demandez quelque chose de difficile, Andrews. La discipline est le fondement de nos forces terrestres, maritimes et aériennes. Vous commandiez l'avion et son équipage. Vous aviez aussi ma représentation dans toute la formation.

"Rien ne s'est passé à part ce que vous avez entendu. Harrison et moi étions autrefois de bons amis, presque des frères. Une affaire personnelle nous a éloignés.

« Une femme, non ?

"Mon fiancé.

— Je suppose. Eh bien, si vous le voulez, ce sujet ne sera pas discuté. Êtes-vous en mesure de venir avec moi ?

"À l'ordre!

Andrews revêtit sa tunique, prit le bonnet et aida le colonel à se rendre au bureau du général. Quelque chose à l'intérieur lui disait qu'il allait être choqué. Il pouvait voir le visage du sergent de l'assistant général assis derrière son bureau. Elle souriait et le regardait d'une manière très significative.

« Entrez, lieutenant » indiqua le colonel.

« Vous d'abord, monsieur.

Lester s'avança, suivi du lieutenant. Derrière la table se trouvait le général Thompson. Il quitta son siège et sortit à sa rencontre.

« ,

— C'était ma part, général. N'importe quel autre de nos hommes aurait fait la même chose. Le lieutenant Harrison et le sergent Dick m'ont aidé à l'obtenir. Les deux sont à féliciter.

« Ils auront leur récompense. Maintenant, je veux que vous preniez quinze jours de congé à Sydney ou à Melbourne. Il l'a bien mérité. A son retour, il commandera un escadron. Je pense que d'ici là, le Haut

Commandement lui aura accordé la promotion. Le colonel vous a-t-il parlé de Miss Cristina Grant ?

"Oui Monsieur.

Voici le télégramme. Il est à Sydney. Au moins à partir de là c'est daté.

« Mais il dit qu'il viendrait en Nouvelle-Guinée.

"C'est.

Thompson fit signe au sergent-adjoint, qui était resté jusque-là derrière le colonel. Celui-ci se retira discrètement et ouvrit une des portes latérales du bureau.

« Voulez-vous vous retourner, lieutenant ?

Cet ordre le surprit.

Il tourna lentement les talons et ses yeux étaient fixés sur l'ouverture de cette porte. Le télégramme glissa de ses doigts et une exclamation de joie s'échappa de ses lèvres.

Cristina Grant la décrivait dans l'embrasure de la porte. Plus belle que jamais dans son uniforme d'infirmière américaine.

Andrews ne se souvenait pas que le colonel et le général commandant la 7e division aérienne le surveillaient. Il traversa l'espace qui le séparait de la fille et la serra de toutes ses forces.

Cristina pensait qu'il allait l'écraser.

Andrews parla d'une voix brisée. Ses phrases n'avaient presque aucun sens. Et il ne pouvait pas se contenir, peu importe à quel point il essayait.

— Vous allez la noyer, lieutenant, s'écria le général en souriant.

« Oh, excusez-moi, monsieur ! Je n'ai jamais cru... !

«Je pense qu'ils auront beaucoup de choses à raconter. Êtes-vous d'accord avec des vacances à Melbourne ou à Sydney ?

« Je ne pourrai jamais vous remercier, monsieur ! Quinze jours! Sais-tu ce que cela représente, Cristina ?

Elle hocha la tête.

« J'ai dit au général de vous les accorder. Tu te souviens de ce que tu m'as dit quand je t'ai viré à San Francisco ?

"Je n'ai pas oublié. Mais ... serez-vous d'accord?

Veux-tu vraiment être ma femme ? Oh mon général ! Quand pouvons-nous partir ?

« Demain, un avion quitte cet aérodrome. J'ai commandé de réserver deux places dedans.

Andrews était réfléchi. Il lui a fallu quelques minutes pour répondre. Puis il dit, comme s'il se parlait à lui-même :

« Je me souviens l'avoir entendu dire qu'il prévoyait d'attaquer Manille dans un mois. J'aurais beaucoup aimé assister à cette opération, monsieur. Pensez-vous que je serai de retour à temps?

« Nos avions ne partiront pas sans vous pour cette opération. N'oubliez pas que vous devez remplacer le colonel Lester. Il assumera le commandement de cette formation ; le plus grand jamais sorti de ce domaine. Toutes les forces aériennes de la 7e Division y participeront. Et vous les enverrez.

* * *

Il est impossible d'enregistrer le bonheur de ces deux jeunes hommes. Ces quinze jours à Melbourne étaient fous. Le lendemain de leur arrivée, ils se sont mariés. Et une ère de bonheur indicible a commencé pour Cristina et le capitaine Andrews.

Harrison n'a pas obscurci ce bonheur. Ils ne se souvenaient même pas de lui. Andrews n'a pas non plus osé raconter l'incident de la forteresse volante.

Un ordre détenait Cristina Grant dans la ville. Il devait rejoindre le service d'un des hôpitaux du sang à la fin de ses vacances.

Cela a un peu énervé la fille. Il y aurait son mari, mais les ordres devaient être exécutés, elle voulait rentrer en Nouvelle-Guinée et être proche de "C'est notre dernier après-midi", avait déclaré Andrews, quelques heures avant l'avion qui devait l'emmener en

Nouvelle-Guinée. la gauche. " Je veux garder un agréable souvenir d'elle. Je veux que vous vous amusiez beaucoup et que vous soyez très heureux.

« Où veux-tu m'emmener ? répondit-elle mimosa.

« Nous irons au bal. Ensuite, je t'emmènerai prendre une collation dans le meilleur club de la ville.

Les jeunes époux ont passé de délicieuses heures. Quelques heures qu'ils n'oublieraient jamais. Plusieurs fois, Cristina semblait être perdue dans des pensées sans fin.

Quand il la voyait comme ça, Andrews demandait :

« Vous êtes distrait et attristé. Qu'est-ce qu'il t'es arrivé ?

« Je crains ton départ, Fred. Quelque chose semble me dire qu'il faudra beaucoup de temps pour vous voir. Je ne te reverrai peut-être plus jamais.

"Parce que tu le penses ?

« Je n'ai pas arrêté de penser à Harrison récemment. Il m'a promis que si elle n'était pas sa femme, elle ne serait à personne. J'ai peur de faire quelque chose de mal. Est avec toi. Je l'ai vu l'après-midi même où ils sont arrivés après avoir sauté avec les parachutes. Il m'a regardé d'une manière étrange et en passant je l'ai entendu dire :

« Je tiens parole, Cristina. Souvenez vous d'elle.

« A-t-il pu dire ça ?

Ses yeux et son expression exprimaient ses pensées plus clairement. Le général Thompson m'a dit qu'il faisait partie de votre propre équipage.

« Vous n'aurez plus de place dans mon appareil. J'ai demandé "Colonel Lester.

« Malgré cela, je ne suis pas calme. Vous devez garder beaucoup de lui. Dan a mal tourné. Il a mal interprété mon amitié et a cru que je devais me soumettre à ses caprices. J'étais libre et j'ai choisi l'homme que j'aimais. Et je ne regrette pas et je ne regretterai jamais d'avoir agi ainsi. Pourquoi ne demandez-vous pas une autre base ? Vous avez suffisamment de mérites et vous pouvez l'obtenir.

« Je ne pourrais pas vivre sans mes compagnons. Je vous ai déjà raconté comment Dick l'Observateur m'a sauvé la vie alors que j'allais sombrer dans l'océan. J'ai une grande affection pour le colonel et le général. Je dois appartenir à la même division qui m'a rendu célèbre. J'ai vingt-quatre vols et quand je le ferai contre les Philippines, je pourrai obtenir mon diplôme et retourner aux États-Unis. Alors tu viendras avec moi, puisque tu es ma femme et tu dois suivre ton mari. Nous allons vivre dans le Colorado. Nous construirons une petite maison à la périphérie de Den "ver et là nous vivrons nos vies.

« J'en ai entendu beaucoup annoncer leur dernier vol et tomber pendant celui-ci. Pendant tout le temps que j'ai passé d'hôpital en hôpital, j'ai entendu les histoires les plus diverses. Des soldats du Corps des Marines qui avaient le permis en poche et sont tombés morts quelques instants avant de quitter leurs positions. Des marins impatients de revenir du bateau de croisière et de rejoindre leurs maisons, qui ont péri sous les torpilles et les bombes. C'est horrible, Fred. Quand cette guerre sanglante se terminera-t-elle d'un coup ?

"Quand nous pourrons être libres. Nous avons un très grand danger à surmonter. Le combat contre les Japonais ne sera pas facile. Je les ai vus mitrailler nos gars quand leurs avions ont pris feu et qu'ils ont sauté en parachute. Ils sont des sauvages qui détestent notre race et se battent pour la domination de la leur dans tout l'univers. Mais ne vous inquiétez pas. Je reviendrai. Je reviendrai à vos côtés et alors nous vivrons heureux.

« Je voudrais être l'un de ces nuages qui traversent l'espace céleste infini. Je pourrais te contempler de loin, être témoin de tes exploits et te donner la volonté de vaincre.

"Des nuages de la mort. J'ai entendu un vieux pilote de la RAF le dire il y a quelque temps. Nous étions encore des recrues. Je préfère emporter votre mémoire avec moi et toujours penser à vous. Une force puissante me fera triompher et revenir indemne. Ces bêtes avec la peau jaunâtre ne pourra pas avec moi.

Cristina était silencieuse.

Andrews a payé l'addition et ils ont quitté l'établissement, menant sa femme par le bras. Ils marchaient en silence. Le capitaine avait hâte de faire oublier à sa femme des souvenirs amers ; mais elle ne semble pas encline à les jeter. Elle était toujours dominée par ce terrible pressentiment.

Les heures passèrent.

Il est vrai qu'en peu de temps ils ont fait le tour de tous les établissements de mode de Melbourne et des différents clubs et lieux de divertissement.

Enfin, il était temps de partir.

« J'ai une demi-heure pour aller à l'aérodrome et nous devons partir. Nous prendrons une voiture sur Monroe Avenue.

« Le champ n'est pas loin, Fred. Pourquoi n'allons-nous pas marcher ?

« Je risquerais de rater l'avion. En plus, je ne veux pas que tu te fatigues. N'oubliez pas qu'aujourd'hui votre permission prend également fin et que vous devez travailler pour notre cause.

Ils prirent un taxi qui les conduisit en un rien de temps à l'aérodrome.

Andrews a placé ses valises dans l'avion et a emmené la fille faire un tour dans les hangars. Il restait dix minutes à l'appareil pour démarrer.

« N'oublie pas de m'écrire tous les jours, Cristina. Ne faites jamais la même chose qu'avant.

« C'est toi qui n'as pas répondu.

« Comment pouvez-vous dire cela ? Je vous ai écrit plusieurs lettres de New York. Puis je l'ai fait de Sydney et de Melbourne. Aucune d'entre elles ne m'a été rendue. Comment auraient-elles pu être perdues ? Finalement, j'ai réalisé qu'un télégramme au général Thompson pouvait ne pas se perdre, au cas où les lettres auraient été perdues, quelqu'un a dû les intercepter.

« C'était peut-être la censure.

"Je ne le crois pas. Il doit y avoir une personne ici intéressée à les arrêter et à les faire disparaître. Gardez à l'esprit que Dan Harrison appartient à la même division et au même groupe que vous.

« Je ne pense pas être assez malheureux pour faire ce travail.

« Écoute-moi, Fred. Je veux te demander une faveur.

« Ça doit être très difficile pour moi de ne pas te l'accorder.

« Méfiez-vous Harrison. Je suis sûr qu'il fera quelque chose pour vous empêcher de retourner à la base après l'attentat de Manille. Vous les hommes ne comprenez pas ces choses, mais les femmes ont une sorte d'intuition infaillible. Ne le ferez-vous pas ?

« Quelle absurdité dites-vous ! Ce n'est pas la première fois que nous volons ensemble et nous terminons toujours bien notre mission. Je l'ai aidé à combien d'occasions il a été harcelé par l'ennemi et il l'a fait avec moi. Je me souviens que lorsque nous étions enfants, il imposait sa volonté dans tous les domaines et c'est peut-être ce qu'il a perdu. Mais Harrison n'a pas un mauvais cœur. Je pense que je ne me tromperai pas. Lorsqu'il apprendra que nous sommes mariés, il changera d'avis et finira par s'ennuyer dans cette folle attente. Vous verrez comme je ne me trompe pas.

"Dieu le fasse. En tout cas, n'arrête pas de le regarder. Ce sera le seul moyen pour moi d'être calme.

Andrews la serra fort dans ses bras. Puis ils marchèrent ensemble vers l'appareil. La voix d'un des employés venait d'ordonner aux voyageurs de monter dessus. Ils étaient tous des militaires et aucune femme n'y allait. Fred n'en connaissait aucun, puisqu'ils venaient de bases différentes de la sienne en Nouvelle-Guinée.

Il serra fort sa femme dans ses bras et dit :

"Ne t'inquiète de rien, ma chérie. Je retournerai à Melbourne la première fois que j'aurai. Ce vol sera mon dernier et je serai autorisé.

« Oh Fred, prends soin de toi ! Fais attention et ne fais rien de fou !

"Ne t'inquiète pas, femme. Je reviendrai. Je te donne ma parole que je reviendrai, une fois de plus, à la base.

Je l'embrasse. Puis il monta à l'échelle de fer et s'assit dans son fauteuil. Par la fenêtre, il regarda le visage de la jeune fille. Les yeux de Cristina étaient larmoyants et elle agitait un mouchoir en signe d'adieu. Les moteurs ont sursauté.

Il a répondu de la même manière.

L'avion a commencé à se déplacer et à prendre de la vitesse. Puis il s'éleva lentement, survolant l'aérodrome et se perdant au loin.

Andrews baissa les yeux sur sa femme, comme un petit point remuant une chose blanche. Il a été touché. Il comprenait l'étendue de son affection et son désir de l'avoir à nouveau à ses côtés.

Il ferait de son mieux pour revenir. Même s'il n'ignorait pas que les aviateurs japonais qui sortiraient pour lui barrer la route étaient au milieu, dans un combat tragique.

D'innombrables souvenirs envahirent son esprit. Un acte d'héroïsme lui avait valu l'obtention du diplôme de capitaine et dans son esprit l'idée de pouvoir obtenir son diplôme avec celui de commandant germait.

Cela dépend de ce qu'ils vous réservaient aux Philippines.

CHAPITRE VI

Quand Andrews a atterri à la base de la 7e division aérienne, il a trouvé que tout avait changé. De nouveaux contingents de forces et d'avions étaient arrivés en Nouvelle-Guinée. A côté de l'archipel de Bismark, une forte concentration de navires de guerre et de transports de troupes était visible.

Cela lui fit comprendre que le moment tant attendu était venu de déclencher la furieuse offensive contre les Japonais.

Le commandement américain se dépêchait. C'était presque le printemps et l'arrivée du beau temps semblait augurer d'un mouvement constant dans les forces navales, aériennes et terrestres des États-Unis.

Les bulletins météo ont assuré une visibilité parfaite et un calme absolu dans l'espace. Jamais le moment ne pouvait mieux se présenter pour tenter de dominer le domaine japonais le long de cette partie de l'océan Pacifique.

Tout le monde l'a félicité. Il a été présenté à de nombreux nouveaux camarades, vétérans d'autres secteurs de la guerre et novices dans la manière de combattre les soldats fanatiques de l'Empire du Soleil Levant.

La première visite était pour l'observateur Dick et le colonel Lester. Le premier lui avait beaucoup manqué. Il avait fait un vol pendant ces quinze jours, mais cela n'avait aucune importance ; depuis qu'ils sont partis en mission de reconnaissance à l'ouest des îles Philippines.

— C'était mon vingt-troisième vol, capitaine. Quand je l'aurai fait deux fois de plus, je serai diplômé. D'autres viendront prendre ma place. Mais vous partirez plus tôt.

« Avec qui as-tu fait ce vol ?

"Avec le lieutenant Harrison. Je lui ai beaucoup parlé de vous.

« Et qu'est-ce qu'il t'a dit ?

« Il est un peu désolé pour ce qu'il a fait. Il pense qu'il ne méritait pas que vous le couvriez et jusqu'au dernier moment il a attendu qu'ils l'appellent du quartier général pour constituer un dossier disciplinaire. Il a été bon dans le dernier combat. Je l'ai vu abattre cinq avions japonais.

« Dan Harrison est un homme courageux, Dick. N'oublie pas cela. Il peut avoir beaucoup de choses laides et il peut me détester. Mais où vous allez avec lui, vous irez à coup sûr. Je suis désolé qu'ils vous aient affecté à leur dotation. Maintenant, tu ne pourras plus venir à mes côtés.

« Vous ne pouvez pas imaginer à quel point je suis désolé.

« Comment va le colonel ?

"S'est beaucoup amélioré. Il est déjà partout avec une seule canne et attend avec impatience qu'on lui retire son plâtre. Vous aimeriez venir avec nous avant d'être licencié. J'ai entendu dire que le général Thompson avait demandé sa promotion au grade de brigadier général de Washington. .

"Le colonel Lester le mérite. Viens avec moi. Je veux vraiment le voir

Pendant plus d'une heure, il a parlé avec le colonel. Lorsqu'ils étaient sur le point de prendre leur retraite, Lester a déclaré :

« Les garçons, vous pouvez vous considérer heureux ! Je donnerais cette jambe cassée pour pouvoir participer à cette opération aux Philippines. Je sais que là-bas vous aurez de bonnes cibles où larguer les bombes et suffisamment de "matériel" pour tester la visée de vos mitrailleuses. C'est votre dernier vol, n'est-ce pas, capitaine ?

« Le vingt-cinquième, monsieur.

"Magnifique ! Je ferais de même si je pouvais vous accompagner. Mais je ne serais pas diplômé. Je suis membre de l'Aviation des États-Unis depuis une vingtaine d'années et je l'aime déjà beaucoup. Je resterai et j'obtiendrai mon diplôme quand la campagne est terminée.

« Vous n'avez pas de famille, colonel ?

"Non. Ma femme est morte quelques jours avant que les Japonais n'attaquent Pearl Harbor. Je n'ai rien à faire en Amérique, et personne ne peut pleurer ma mort, si jamais ces diables jaunes m'abattent. C'est pourquoi je veux être ici . Cependant, si je m'enfuis vivant, nous pourrions nous voir dans notre patrie. Maintenant, il serait commode qu'il aille voir le général. Je comprends que vous préparerez rapidement cette incursion en territoire ennemi. Et n'oubliez pas Dan Harrison Il sera le deuxième chef de la formation.Demain, ils remettront l'ordre de promotion au capitaine.

Andrews ne répondit pas.

Il y avait beaucoup de différence entre recevoir la joie d'une promotion et les chagrins d'un Conseil de guerre. Dick et le colonel savaient que Dan avait mérité ce dernier. Et il a été épargné de devoir comparaître devant la justice militaire et d'être renvoyé aux États-Unis comme indésirable.

« Bonne chance, Fred ! « C'étaient les dernières phrases du colonel. Gardez à l'esprit que celui qui donne le premier donne deux fois ! Tirez toujours pour tuer, avant qu'ils ne puissent vous tuer !

"Merci mon Seigneur !

Pendant ces quatre ou cinq jours, Andrews n'a vu Harrison nulle part. Il ne quittait pas son pavillon et ne fréquentait pas la cantine. Pas une seule fois elle ne l'a rencontré face à face.

Les préparatifs de la grande aventure s'accomplissaient rapidement. Tous les hommes attendaient avec impatience l'ordre du quartier général confirmant la volonté du général Thompson de mener à bien l'attaque de Manille et d'autres villes des îles, où il s'assurait qu'il y avait des concentrations de troupes ennemies, des poudrières, des aérodromes et des socles.

Si cet exploit s'avérait bien, ce serait la première attaque majeure contre la sécurité de l'Empire ennemi.

En tant que chef de la formation, il était chargé de piloter un avion de chasse. Dan Harrison était censé le faire dans une forteresse, occupant le poste qu'il a récemment dirigé lors de l'attaque de Célèbes.

Les haut-parleurs de l'aérodrome ont annoncé aux pilotes et au personnel au sol que le général souhaitait les rencontrer. Ils entrèrent tous dans la grande salle où ils avaient tant de fois écouté les ordres de ce magnifique soldat.

Le mur avant était recouvert d'une immense carte du Pacifique. Marqués de flèches noires, on pouvait voir les points les plus importants pour les premières opérations désignées par le commandement nord-américain.

L'un d'eux désigne Manille, Cavite, Aparry et Lingayon, à Luçon. Un autre marquait les pointes de Cavao et Surígao, à Mindanao.

Partout où il était censé y avoir des concentrations de la marine japonaise, il était marqué d'une croix verte. Un cercle rouge indiquait les concentrations de troupes les plus importantes et les points de ravitaillement japonais dans tout le Pacifique.

Thompson quitta sa table et se dirigea vers la grande carte. Il pointa le pointeur vers les quatre premières villes de l'île de Luçon et se tourna vers ses hommes.

« L'approbation du quartier général des forces aériennes est arrivée, messieurs. Je sais que vous attendiez tous cela avec impatience et c'est avec grand plaisir que je vous annonce mon départ. Demain à l'aube, ils quitteront la Nouvelle-Guinée. A l'ouest de l'île de Guam, nous avons quatre cuirassés, trois porte-avions et huit destroyers. Ces navires ont été commodément ravitaillés et serviront de mères à la flotte aérienne. Ils attaqueront par vagues successives. Deux cent cinquante forteresses et un demi-millier d'avions de chasse et de reconnaissance doivent être déployés. Ce sera la plus grande attaque de l'histoire de la guerre contre le Japon. Cent vingt-cinq forteresses, escortées de deux cent cinquante combattants, déclencheront l'attaque de Manille et de Cavite. L'autre moitié sera chargée d'effacer Lingayen et Aparry de la carte. Nous veillerons à ce que les navires soient au plus près des côtes philippines, en comptant sur la non-prise en charge de la marine japonaise, comme nous l'espérons. Ces derniers temps, ils ont subi de lourdes pertes et cela les oblige à se désintégrer dans diverses directions, à couper notre offensive sur tous les fronts. Le commandant Perry commandera la moitié de la force. Fred Andrews, capitaine de la 7e division aérienne, sera en charge du deuxième groupe. Manille et Cavite pour le capitaine Andrews ; Lingayen et Aparry pour le commandant Perry. Tous deux auront comme point de ravitaillement les navires susmentionnés de l'Escadron, dont les chefs ont reçu des ordres du Haut Commandement. Je sais que vous rendrez un bon service. Ces derniers temps, ils ont subi de lourdes pertes et cela les oblige à se désintégrer dans diverses directions, à couper notre offensive sur tous les fronts. Le commandant Perry commandera la moitié de la force. Fred Andrews, capitaine de la 7e division aérienne, sera en charge du deuxième groupe. Manille et Cavite pour le capitaine Andrews ; Lingayen et Aparry pour le commandant Perry. Tous deux auront comme point de ravitaillement les navires susmentionnés de l'Escadron, dont les chefs ont reçu des ordres du Haut Commandement. Je sais que vous rendrez un bon service. Ces derniers temps, ils ont subi de lourdes pertes et cela les oblige à se désintégrer dans diverses directions, à couper notre offensive sur tous les fronts. Le commandant Perry commandera la moitié de la force. Fred Andrews, capitaine de la 7e division aérienne, sera en charge du deuxième groupe. Manille et Cavite pour le capitaine Andrews ; Lingayen et Aparry pour le commandant Perry. Tous deux auront comme point de ravitaillement les navires susmentionnés de l'Escadron, dont les chefs ont reçu des ordres du Haut Commandement. Je sais que vous rendrez un bon service. Manille et Cavite pour le capitaine Andrews ; Lingayen et Aparry pour le commandant Perry. Tous deux auront comme point de ravitaillement les navires susmentionnés de l'Escadron, dont les chefs ont reçu des ordres du Haut Commandement. Je sais que vous rendrez un bon service. Manille et Cavite pour le capitaine Andrews ; Lingayen et Aparry pour le commandant Perry. Tous deux auront comme point de ravitaillement les navires susmentionnés de l'Escadron, dont les chefs ont reçu des ordres du Haut Commandement. Je sais que vous rendrez un bon service. Lingayen et Aparry pour le commandant Perry. Tous deux auront comme point de ravitaillement les navires susmentionnés de l'Escadron, dont les chefs ont reçu des ordres du Haut Commandement. Je sais que vous rendrez un bon service. Lingayen et Aparry pour le commandant Perry. Tous deux auront comme point de ravitaillement les navires susmentionnés de l'Escadron, dont les chefs ont reçu des ordres du Haut Commandement. Je sais que vous rendrez un bon service.

Il resta silencieux pendant quelques minutes puis continua à dire :

« Je souhaite que cette opération soit menée avec le plus grand soin. Les chefs d'escouade doivent être présents lorsque l'équipe au sol commence son travail. Ils sont chargés d'une révision complète de l'avion et d'une sécurité totale dans les munitions des armes automatiques. Tous les aéronefs qui doivent participer à l'opération doivent constituer une garantie pour les hommes qui vont le piloter. Toute erreur ou négligence peut entraîner la mort d'un partenaire. Maintenant, messieurs, vous pouvez prendre votre retraite.

Vous serez prévenu dès l'aube et n'oubliez pas que la distance à parcourir est longue et dangereuse. S'ils sont attaqués en cours de route, les avions de chasse se chargeront de laisser l'espace libre d'adversaires.

La porte du salon s'ouvrit et le sergent adjoint apparut sur le linteau. Il traversa le couloir et tendit au général un drap fermé. Il l'ouvrit et le lut attentivement.

« Ce sont les derniers rapports d'avions de reconnaissance décollant de porte-avions à l'ouest de Guam. Vient ensuite un bulletin météo. La visibilité est toujours parfaite et le temps a tendance à s'améliorer. De grandes concentrations de troupes ont été découvertes à l'est de Cavite et au nord de Manille. Cela peut être d'un grand intérêt pour le capitaine Fred Andrews, qui portera, comme ordonné, le poids de l'attaque au sud de l'île de Luzon. A côté d'Aparry, les colonnes ennemies continuent d'arriver par voie maritime. Une partie de l'escadron japonais est ancré dans ce port. Ce sera notre objectif principal, en dehors des installations militaires de toutes sortes.

Les ordres du général Thompson furent exécutés à la lettre. Les chefs d'escadron étaient chargés de revoir avec le personnel au sol tout ce qui concernait cette opération de grande envergure.

Les moteurs ont été testés. Ceux qui présentaient le moindre symptôme d'imperfection ont été retirés du service jusqu'à ce que les mécaniciens les laissent en parfait état.

Des milliers de litres d'essence remplissaient les réservoirs à ras bord. Les camions de service n'ont pas cessé de ronfler toute la nuit, transportant des explosifs à côté des bombardiers.

Vers quatre heures du matin, tout était prêt pour le décollage. Pas une seule faute n'a été relevée dans ce travail effectué avec une conscience exacte du devoir.

Andrews se retira vers une heure et dormit un peu, mais était éveillé bien avant que le sergent du général adjoint ne donne l'ordre convenu.

Il a écrit à sa femme. Elle a adressé la lettre à l'hôpital où elle était censée servir et où elle lui a assuré qu'elle avait été affectée.

Cette lettre disait peu. Il a annoncé son départ dans quelques heures. Mais il ne marqua aucun objectif, puisque Cristina connaissait les intentions du général Thompson vis-à-vis des Philippines.

Il chercha partout le sergent-adjoint. Il l'a trouvé dans les cuisines.

« Voudriez-vous me rendre service, Moore ? "Je demande.

« Avec plaisir, capitaine.

« Veillez à ce que cette lettre atteigne sa destination.

Le sergent regarda l'enveloppe.

"L'avion postal partira à midi", a-t-il déclaré. Votre femme aura la lettre ce soir. N'êtes-vous pas allé vous coucher, capitaine ?

"Oui, j'ai reposé quelque chose.

« Vous vous sentez nerveux ?

— Non. Ce n'est plus une énigme pour moi, Moore.

Il se retourna et quitta la cuisine. Derrière lui arrivait le sergent adjoint, dont la voix bourrue résonnait dans tous les pavillons, avertissant les équipages de conduite que le moment était venu.

Andrews pensa à sa femme. Cette lettre serait entre ses mains à la tombée de la nuit. À ce moment-là, beaucoup de ceux qui devaient rentrer dans une heure avaient peut-être cessé d'exister.

Ce pourrait être son tour cette fois. Il se souvint des paroles de Cristina. Beaucoup d'hommes sont morts alors qu'ils effectuaient leur dernier vol pour obtenir une libération ou lorsqu'ils gardaient le mandat de permis dans leur poche. Certains ont été abattus avec leur engin et d'autres sont tombés à côté de leur position sur la ligne de front, fauchés par une balle ennemie.

Mais il n'était pas superstitieux. Ce serait un vol de plus parmi tous ceux effectués. Un de plus qui s'inscrira dans son tout nouveau record sans autre conséquence que d'avoir fidèlement rempli son devoir, après avoir remporté de nouveaux triomphes face à l'aviation japonaise.

Il atteignit la salle à manger. Tous les garçons étaient prêts. Certains d'entre eux ont montré un manque de sommeil sur leurs visages. Ils portaient le parachute.

Il entra dans leur pavillon et s'équipa pour les rencontrer peu après.

Le petit déjeuner passa en silence. D'autres fois, cet endroit avait semblé être une ruche. Les rires et les conversations l'encourageaient. Maintenant, tout le monde était silencieux.

Il semble qu'ils aient annoncé une fin tragique après avoir parcouru un chemin semé de dangers.

L'aumônier de la Division a administré la bénédiction à ces braves. Puis ils ont tous bien avancé en direction de leurs emplacements respectifs.

Lester J'étais impatient toute la journée. C'était la première fois qu'il était cloué au sol dans une incursion aussi importante. Mais à l'intérieur, il faisait confiance à ces garçons qui ont maintes fois fait preuve de leur courage et de leur courage.

CHAPITRE VII

Au cours de ce vol de tant d'heures, l'avion américain a eu deux collisions avec les Japonais. Mais la supériorité numérique des combattants américains a réglé le combat en leur faveur.

Vers quatre heures de l'après-midi, ils atteignirent l'île de Guam, sur laquelle ils lancèrent des bombes incendiaires. À cinquante milles à l'est de l'île, ils découvrirent les navires de guerre américains, naviguant à l'ouest de Luzon.

Plusieurs tours au-dessus de la base aérienne ont suffi pour que les avions se mettent en formation. Les machines de chasse étaient maintenues au-dessus des forteresses volantes.

Ils prenaient de la hauteur. Ils atteindraient des régions où les êtres humains ne supportaient pas la minceur de l'air. Grâce à ce tube en caoutchouc, ils respiraient l'oxygène qui leur permettrait de garder leurs poumons intacts.

Peu de temps après, ils se sont perdus au loin. La tour de contrôle de l'aérodrome a été laissée vide et les opérateurs radio et les stations de radio ont pris le relais.

Au moyen du radiotéléphone, ils maintiendraient le contact avec les appareils. Mais il viendrait un moment où il serait impossible de communiquer avec eux et la nouvelle serait retardée jusqu'à ce que les premiers chasseurs et bombardiers touchent les pistes.

Il crut voir Dan le regarder. Il semblait avoir une apparence inhabituelle. Plus tard, il le regarda gravir la forteresse volante qui était son tour. Derrière lui se trouvaient le sergent Dick et les autres membres d'équipage.

Il leva les yeux vers la tour de commandement. Le chef de division était là. A côté de lui, le colonel Lester, appuyé sur sa canne, observait la piste grandiose où s'alignaient les engins de chasse et de bombardement.

Il salua de la main. Lester a répondu en nature.

Il sauta dans le cockpit. Il a attaché les sangles autour de son corps et a correctement fixé le parachute, recherchant un maximum de confort en s'appuyant contre le siège.

Les bombardiers ont commencé à filer. Les signaux de décollage se sont succédé et en peu de temps le ciel s'est rempli d'énormes oiseaux d'acier, qui ont assourdi l'environnement avec le puissant rugissement de leurs moteurs. Les pistes semblaient balayées par le désert simun. L'air soulevé par les hélices produisait des nuages de poussière rougeâtre, qui enveloppaient la silhouette de l'avion de brume dorée.

Avec un canon, le navire amiral a salué l'arrivée des avions.

Ceux-ci ont continué leur vol à grande vitesse. A cinq heures et demie, ils atteignirent leur but. Devant eux s'élevaient les côtes escarpées des Philippines, avec de grandes falaises, comme une barrière difficile à franchir.

La formation était divisée en deux parties stipulées.

Andrews prit le commandement de celui qui attaquait Manille et Cavite. Parmi les forteresses se trouvait celle occupée par l'observateur Dick et le capitaine Dan Harrison. Il les a vu dépasser les autres et voler en tête.

Par le microphone, il transmettait des ordres. Ils ont tous obéi à ses instructions. Les forteresses perdent de l'altitude et les combattants s'élèvent de quelques milliers de pieds supplémentaires. Un groupe de dix avions a devancé les autres lors d'un vol de reconnaissance.

Les nouvelles qu'ils ont apportées étaient imbattables. Les Japonais devaient avoir des nouvelles de l'arrivée de la formation nord-américaine, car sur Manille et Cavite ils avaient élevé un véritable plafond d'avions. Le nombre d'ennemis dépassait en nombre les Américains.

Rien de tout cela n'a changé les plans du capitaine Andrews. Lorsqu'ils furent dans la partie sud de l'île, il donna à nouveau des instructions. Des groupes de combattants ennemis ont été vus apparaissant à deux endroits différents. Les forteresses ont conservé leur hauteur initiale et les combattants se sont positionnés devant eux, à mille pieds au-dessus, en attendant la collision avec l'adversaire.

« Attention les gars ! "Cria le chef de la flottille." Mettez-vous par paires et mitraillez tous ceux qui se mettent devant vous !

Les avions ont été placés dans les conditions envisagées par le capitaine Andrews. Le rugissement perçant des moteurs augmentait avec l'arrivée de l'ennemi. Les Japonais se sont déployés dans un front aérien d'environ cinq cents mètres de large et ont attaqué comme des flèches.

Les mitrailleuses lançaient leur impressionnant "tac, tac". Les chasseurs américains protégeaient efficacement les forteresses volantes, de sorte qu'aucun des avions ennemis n'avait réussi à les atteindre.

Andrews s'est jeté dans un tourbillon contre trois machines. Il entendit au combiné les exclamations de haine et de rage de ses adversaires. Ses mains agrippaient les commandes, tandis que ses pieds travaillaient pour maintenir l'appareil en ligne droite.

Trois rafales, intermittentes, sont parties. Le chasseur japonais a été touché en plein dans le moteur et un jet de flamme a jailli de son nez. Le pilote a tenté de se lancer à la hâte, et une pluie de balles a détruit son crâne.

L'avance des hommes américains n'a pas été arrêtée. Malgré les assauts furieux de leurs dangereux ennemis, ils ont continué à mener le combat là où cela leur était le plus propice. Les forteresses au ventre bourré d'explosifs puissants, continuaient leur vol sans interruption. De chaque côté de la place au-dessus des nuages se trouvaient des machines de chasse des États-Unis. La plupart se battaient.

Un combat à mort éclata en quelques minutes. Andrews a vu un avion japonais l'attaquer depuis le gouvernail de queue et a plongé dans la mer. Puis il s'envola à une vitesse effrayante, ses mitrailleuses aboyant furieusement alors qu'il montait.

Un autre combattant a été touché.

Il la regarda tourner comme un tourbillon fou et plonger dans le vide à la vitesse d'un boulet de canon. Un autre a perdu les commandes et un troisième a été entraîné par le second dans un formidable crash, qui a envoyé la ferraille voler, au milieu d'une horrible explosion, dans tous les sens.

" Allez-y ! " Il a crié sur ses pilotes. " Vous devez atteindre cet objectif à tout prix ! Capitaine Harrison ! M'entendez-vous ?

"Je t'entends! Le chef des bombardiers a répondu.

"Aller de l'avant. Dirigez votre avion vers les postes d'artillerie tirant de Cavite et déposez une partie de la charge. Ces armes doivent être réduites au silence.

Il ne serait pas long d'atteindre Cavite. Mais il était évident que l'artillerie antiaérienne japonaise formait une barrière infranchissable de grenades, qu'elle engageait en l'air laissant un grand nuage de fumée noire.

Les combats se poursuivirent avec acharnement. Andrews est allé aux endroits où le danger était le plus imminent. Il a averti deux avions japonais qu'ils venaient d'assommer un chasseur américain et s'est lancé contre eux. Ses rafales ont frappé directement le cockpit, et l'un d'eux s'est perdu dans les nuages, mortellement blessé. L'autre lui faisait face. Andrews s'est rendu compte que les Japonais qui le pilotaient essayaient, par tous les moyens, de le percuter, manœuvrant habilement pour le rattraper.

Il a compris la manœuvre avant qu'elle ne soit exécutée. Ce fut le plus grand danger offert par les Japonais lorsque le Haut Commandement Impérial ordonna que l'objectif soit couvert au prix de sa propre existence.

Il connaissait l'existence d'une organisation japonaise, où ses membres étaient contraints, par tirage au sort, de laisser leur vie dans l'entreprise qui leur était confiée, mais avec la certitude absolue que l'objectif était atteint.

Il tira fortement sur le levier de levage. Le chasseur faillit donner un coup de cloche soudain et les Japonais passèrent dessous à grande vitesse, effleurant presque son fuselage.

Une boule se forma dans la gorge du capitaine. Il était à deux doigts de la mort. Une seconde de plus pour déclencher la manœuvre et ce soldat fanatique aurait plongé dans le vide l'entraînant englouti par les flammes.

Il l'a vu dans un plan favorable et lui a tiré plusieurs rafales. Mais les Japonais ont piqué rapidement et ont glissé. Il plana quelques secondes et s'élança comme une flèche, revenant à l'attaque avec une vigueur renouvelée, tirant sur l'appareil du capitaine.

Les Japonais s'élancèrent comme un taureau blessé. Cela n'avait plus d'importance de gagner ou d'être vaincu. L'essentiel, c'est qu'il voulait mourir, emmenant l'un de ces Américains détestés en enfer.

Cette fois, l'avion japonais avait réussi à se positionner de telle sorte que toute manœuvre était impossible pour Andrews. Il devait l'atteindre. Si ses tirs de mitrailleuse manquaient une fois de plus, il pourrait être radié. Il a prêté le plus d'attention et a appuyé sur la gâchette. Les balles ont traversé le pare-brise du cockpit. Il crut voir le visage terriblement défiguré des Japonais et n'avait d'autre chance que de soulever son chasseur dans les nuages, laissant l'autre s'enfoncer dans l'abîme.

Quand il a réalisé que ses coéquipiers avaient un grand avantage. Il a vu la forteresse de Harrison exécuter strictement son ordre. Il était entré dans le cercle de feu des batteries antiaériennes ennemies et les bulles tragiques des explosions fleurissaient autour de lui.

En contrebas, dans la brume du soir, la ville de Cavite s'offrait une vue plongeante. Tous ses contours étaient ornés de pièces de longue portée et de précision, dont certaines d'origine allemande.

Dan Harrison a commencé la descente.

Le bombardement fut lancé vers l'endroit où les éclairs des tirs étaient les plus continus. Andrews comprit qu'il allait risquer sa vie et, avec la sienne, celle du magnifique observateur. S'ils ne le touchaient pas dans les cinq premières minutes, le sergent Dick ferait tomber les bombes au milieu de ce rideau de canons qui défendait ardemment les installations militaires de la ville.

Des grenades explosèrent à côté des ailerons et la forteresse chancela comme un navire dominé par des vagues en colère. Mais il a immédiatement atteint la stabilité et a continué son vol.

Il appela dans le micro, criant pour que sa voix soit entendue par celui qui avait toujours été son ennemi.

« Bref, Harrison. Lâche les bombes et reviens au moment présent. Cette pluie de projectiles est difficile à surmonter.

« Je sais ce que je fais, capitaine ! Inquiétez-vous pour le reste !

Cette réponse a enflammé Andrews. C'était irrespectueux. Il est vrai que les deux avaient le même grade, mais il était le commandant suprême de cette flottille aérienne, qui allait couvrir l'un des objectifs les plus importants pour les États-Unis.

Le dernier des chasseurs japonais s'était retiré. La leçon reçue était sans équivoque, bien qu'elle ait également coûté la mort et la destruction d'une douzaine de combattants américains.

Andrews s'est frayé un chemin et s'est précipité vers la forteresse. Il vit à ce moment-là qu'il inclinait la tête et se redressait pour prendre son envol. Quelques projectiles sont tombés de son écoutille. Regardé vers le bas. La fumée des tirs l'empêchait de se rendre compte précisément de l'effet du bombardement.

Le but du bombardier était efficace et une nouvelle victoire pouvait être remportée par le sergent observateur.

Les avions à la traîne ont largué une partie de leur cargaison. Les explosions se succédèrent en éclairs rapides. Tout Cavite était englouti dans un épais panache de fumée, atteignant plus de deux cents mètres de haut.

Cela prouva à Andrews que les réservoirs de carburant de l'adversaire avaient été directement touchés. Une partie des canons se turent.

De certains points reculés de la population jaillissaient les jets lumineux des projecteurs, cherchant anxieusement l'avion ennemi.

Nouvelles commandes et cap sur Manille.

Ils avaient une heure et demie pour couvrir les objectifs qui avaient été commandés. Certains combattants qui volaient difficilement se sont retournés et sont partis à la recherche des porte-avions, comme des enfants à la recherche de la mère accueillante.

Au milieu d'un ciel rougi par le reflet des incendies et des fumées, la deuxième phase du terrible bombardement a commencé. Les combattants japonais sont allés désespérément. Quatre forteresses volantes tombèrent verticalement, explosant avec leur charge sur les redoutes adverses.

C'était le bombardement le plus terrible et le plus spectaculaire de tous ceux qu'Andrews pouvait se souvenir d'avoir vu à son époque dans l'aviation.

Sans cesse ses hommes se jetaient dans le combat. Il dut se frayer un chemin à travers un rideau de feu et survoler les ponts des navires de guerre ancrés à l'entrée de la baie de Manille. Harrison a largué le reste des bombes. Une canonnière sauta en mille morceaux.

L'explosion a déchiré la cheminée avant d'un destroyer et a fait exploser tout le travail mort.

" A eux, à eux ! " criait sans cesse le brave officier. " Mitraillez-les sans pitié !

Une partie des forteresses est revenue après avoir jeté tout ce qu'elles transportaient dans des explosifs. Les autres continuèrent à traverser la ville, larguant des bombes sur des cibles prévues et des installations militaires plus ou moins importantes.

Andrews a donné l'ordre de revenir.

En une heure et demie, ils étaient au point de destination. L'avion atterrissait, pour décoller une demi-heure plus tard, à nouveau chargé d'éclats d'obus et avec les réservoirs de carburant pleins jusqu'au bouchon de fermeture.

Les pertes propres étaient importantes.

Du porteur, il lança un câble jusqu'à la base centrale. Il y était dit ce qui suit :

> Le capitaine Andrews au général Thompson. Objectifs couverts de première intention. Des pertes considérables. Nous revenons à l'attaque. Nous reviendrons à l'aube.

À cette occasion, ils ont rencontré plus de résistance.

Une fois de plus, le capitaine Fred Andrews a dû mettre son courage et ses compétences à l'épreuve, courageusement secondé par Harrison.

Deux dépôts de munitions ont sauté avec le caractère spectaculaire d'une éruption volcanique. Une partie des quartiers extrêmes de Manille ont été détruits.

Vers dix heures du soir, ils ont commencé le retour. Ce n'est qu'à ce moment-là qu'Andrews s'est rendu compte que la forteresse volante de Harrison tanguait et qu'elle ne pourrait pas atteindre la base. Ils volaient jusqu'à Cavite. L'obscurité les a protégés pour la retraite.

Là-bas, tout le sud de l'île de Luçon était illuminé, en raison des nombreux incendies criminels. Il faudra longtemps avant que Cavite et Manille ne soient à nouveau en mesure d'être utilisées par les Japonais comme bases essentielles pour la défense des Philippines.

Il a ordonné aux avions restants de revenir à plein régime et il a appelé le capitaine Harrison.

"Nous avons un spoiler presque détruit" répondit le jeune homme. Le bombardier et le mitrailleur sont morts. L'observateur est grièvement blessé. J'ai peur de ne pas pouvoir aller de l'autre côté de l'île. C'est terminé.

« Tu dois continuer, Dan. Vous devez vous sauver et sauver Dick au prix de tout.

« Pourquoi tant d'intérêt, Andrews ? Nous avons cessé d'être amis depuis longtemps ! As-tu oublié tout ce qui s'est passé entre nous ?

« Maintenant, il ne s'agit plus de nous, en particulier. J'aurais pu te blesser beaucoup si cela avait été mon souhait et j'ai su payer tes mauvaises intentions par de bonnes œuvres. Si vous mourez, par ex. L'armée des États-Unis vous rendra les plus grands honneurs. Vous pouvez recevoir la médaille du Congrès et être promu commandant du mérite de guerre. Mais ce que je veux, c'est que Dick ne meure pas. Il m'a parlé une fois...

« Tu n'as pas besoin de me le dire. Il me l'a dit il n'y a pas longtemps, quand nous avons aperçu les îles. Vous avez votre mère et elle a besoin de vous, n'est-ce pas ?

"Oui, c'est comme ça.

« D'un autre côté, je n'ai personne. Pas même l'affection de Cristina Grant.

Il a éclaté de rire.

« Qu'est-ce que tu comptes faire, Dan ? demanda Andrews avec anxiété.

« Je ne sais pas. En avez-vous une idée ? C'est la même chose pour nous de mourir fracassés contre les rochers de l'île que de tomber entre les mains des Japonais. C'est peut-être plus humain de nous laisser nous déchirer là-bas.

"Fais un effort. Tu es toujours arrivé en tête dans les efforts les plus difficiles !

Harrison ne répondit pas. La forteresse vacillait de plus en plus menaçante. À tout moment, ce spoiler endommagé pourrait se détacher et tout espoir de salut serait alors perdu.

« Je vais atterrir ! s'exclama Harrison. C'est le seul moyen d'empêcher Dick de s'écraser sur moi. Mais malgré cela, nous sommes perdus.

"Je te suivrai.

« Avez-vous perdu la tête, Andrews ?

« Rappelez-vous ce que j'ai fait avec le colonel Lester. Pourquoi ne pas retenter votre chance ?

« Vous êtes un imbécile. Exposez-vous à mourir pour nous ! Quel genre de gars es-tu, Fred ? Tu ferais mieux de t'entendre avec les autres. Je vais essayer de cacher Dick quelque part et de panser ses blessures.

"Allez; dépêchez-vous! Il doit y avoir un endroit où l'atterrissage est possible. Les Japonais en ont assez des feux.

De nouveau Harrison se tut. La forteresse perdait considérablement de la hauteur. Andrews était juste derrière elle. Le reste des engins de chasse et de bombardement devait déjà avoir quitté la côte et volerait au-dessus de la mer, à une distance considérable de leurs compagnons.

Fred a tiré deux fusées éclairantes. Ces lumières phosphorescentes éclairaient une grande partie de l'île et leur permettaient de voir le sol. A l'ouest, on pouvait voir une grande bande de terre entre des montagnes bordées de forêts épaisses.

« Tu as vu, Dan ? "Je demande.

"Une plaine" répondit le pilote.

«Allez vers elle et atterrissez. Je vais essayer de faire pareil.

La forteresse s'inclinait vers le bas. Peu de temps après, le train d'atterrissage frôla un bouquet d'arbres qui semblaient sortir de l'ombre.

La grande habileté du lieutenant Harrison était une fois de plus à l'honneur.

Les roues de la forteresse s'enfoncèrent dans la terre sablonneuse et elle s'installa parfaitement. Fred l'a enjambé et a essayé, sur une distance relativement courte, de faire atterrir son chasseur.

Il a mal mesuré la distance. Certaines souches saillantes dans le sol ont fait s'écraser le train d'atterrissage sur elles et se sont renversées. Le coup fut très fort et Fred se sentit abasourdi, mais obéissant à son instinct de conservation, il sauta du cockpit et se jeta au sol.

À ce moment-là, le moteur a pris feu et des flammes se sont allumées dessus. Ensuite, ceux-ci se sont propagés au réservoir d'essence qui a explosé, et Andrews a été contraint de se jeter au sol pour échapper à la pluie de feu.

Quand il s'est levé, cette partie de l'île était éclairée par le feu. Il vit Harrison traîner le corps immobile et inconscient de l'observateur et se précipita à son secours.

« Il faut fuir d'ici au plus vite », s'exclame-t-il. La lueur du feu attirerait les Japonais. Il doit y avoir des troupes de garnison côtière autour.

« Aidez-moi. Nous irons dans la forêt.

A eux deux, ils portèrent le corps de l'observateur et parcoururent en peu de temps la distance qui les séparait de la lisière de la forêt. La végétation était très abondante. Les vignes et les bambous poussaient dans tous les sens, formant parfois de formidables voûtes végétatives, qui empêchaient le passage des rayons argentés de la lune.

Ils marchèrent quelque temps.

Ils savaient qu'ils se trouvaient à l'est de Cavite et de Manille, mais sans connaître la région dans laquelle ils se trouvaient.

"J'ai apporté le sac de secours avec moi", a déclaré Harrison. Nous devons arrêter et guérir le sergent. Il est peut-être trop tard lorsque nous essayons.

Ils cherchaient activement l'endroit qu'ils voulaient. Ils s'arrêtèrent parmi les rochers et y restèrent quelque temps.

Si les Japonais avaient découvert leur piste, il était clair qu'ils n'osaient pas attaquer, peut-être avec le sentiment que les aviateurs ennemis étaient bien armés et risquaient de leur coûter un raid de nuit.

Ils en profitèrent pour soigner le blessé et lui faire reprendre ses esprits. Vers deux heures du matin, ils continuèrent leur chemin. Ils ont été perdus, sans un cours déterminé, pour le bien de Dieu.

CHAPITRE VIII

Le soleil, couvert d'une épaisse brume froide, apparut derrière les sommets des montagnes. Dan indiqua à son partenaire qu'il fallait se reposer et permettre au blessé de récupérer une partie de la fatigue.

Eux aussi se sentaient épuisés. La dureté du combat de la nuit précédente et les émotions fortes vécues, avaient détruit le peu d'énergie dont ils disposaient.

Combien de temps un homme a-t-il pu résister ?

Ils ne le savaient même pas eux-mêmes.

« Si seulement nous avions la boussole à portée de main, avait dit le capitaine Harrison, nous pourrions nous orienter dans cet enchevêtrement de végétation. Nous ne savons pas si nous marchons vers la côte ou vers Cavite. allez dans un sens ou dans l'autre, les deux chemins nous mèneront à la mort.

Fred ne répondit pas. Il avait coupé deux grosses tiges de bambou et en faisait des crochets. Dan l'a aidé dans son travail. Dick gisait sur l'herbe verte, son visage pâle comme un cadavre et ses vêtements tachés de sang.

Vers midi, ils terminèrent le travail.

Le sergent était déposé à l'intérieur des rampes et entre elles ils le transportaient. A la tombée de la nuit, ils avaient trouvé un petit abri. Au milieu des sous-bois, abrités par quelques rochers, ils décident d'attendre que l'observateur meure ou réagisse quelque peu.

La 7e division aérienne aurait dû signaler ses pertes respectives au haut commandement des forces aériennes. Ils vivaient encore, mais à toutes fins utiles, ils étaient morts.

Quelques jours passèrent. Dick était sur le point de quitter le monde des vivants à plusieurs reprises, mais sa forte constitution physique a progressivement vaincu le mal. La fièvre tomba et de nouveau son appétit lui revint.

Plusieurs fois, ils ont ri. Dan avait nourri le blessé de lait de coco, comme s'il était un jeune singe ou un petit chimpanzé.

La complexité de la jungle a empêché les Japonais de détourner la force de la côte pour la lancer dans le service d'exploration à l'intérieur des terres. Cela leur valait beaucoup.

Quelques semaines plus tard, ils étaient de nouveau sur la route. Dick était presque guéri, car ses blessures, que Dan avait d'abord crues fatales par nécessité, avaient guéri.

Il ne leur est jamais venu à l'idée de nommer la femme pour laquelle ils avaient perdu cette grande amitié qui les unissait autrefois.

C'est Dan qui revient sur le sujet.

"Je dois déclarer que sans vous nous aurions péri" dit-il en souriant. A eux deux, il était possible de sauver Dick. Nous nous sommes comportés comme des enfants, Fred. Nous avons été ennemis au sol et amis inséparables dans les airs. Je vous ai vu charger plusieurs fois, avec votre chasse pour abattre les Japonais qui essayaient de le faire avec moi. Et je sais que sans votre aide, cela serait arrivé. Pendant longtemps, j'ai ressenti des regrets. Pas à cause de ce combat à New York, mais à cause de ce que j'ai fait avec toi. Cristina vous a écrit plusieurs fois. Je voulais qu'elle t'oublie, avec le désir d'être la seule à gagner son amour. Je reconnais avoir agi vicieusement » en intervenant ces lettres et en les faisant disparaître.

Andrews le regarda sérieusement.

« Tu penses que tu m'as trompé ? "répondu". Elle m'a dit elle-même qu'elle avait écrit comme d'habitude. Les lettres ne pouvaient pas être perdues et quelqu'un me les tenait à la Division. Je n'ai pas voulu me renseigner car cela aurait valu votre expulsion de l'armée. Je ne le prends pas mal. Cristina est ma femme. Nous nous sommes mariés il y a quelques semaines à Melbourne, profitant de la permission du général Thompson.

"Je sais. Je l'ai vue quand elle est arrivée à l'aérodrome. Je savais ce qui allait arriver. Puis le colonel Lester m'a appelé et m'a parlé de vous.

J'ai reconnu que leurs raisons étaient vraies. Lester est un grand homme et un excellent militaire. Je me suis très mal comporté quand tu l'as sauvé et je te jure que j'aurais fait la même chose, mais ça m'a blessé que tu sois celui qui l'ai commandé et que ces lauriers soient pour toi. Si jamais on quitte cette fichue île, je veux payer vous revenez pour le mal que je vous ai fait.

"Je ne suis pas rancunier. Je t'avais pardonné depuis longtemps et je voulais cette réconciliation de toute mon âme.

"Et je sais," clarifia Dick. Il pouvait le voir dans les regards et les gestes du capitaine Andrews. Il ne t'a jamais détesté, Harrison. Il a toujours eu des mots d'appréciation pour vous, vantant votre courage dans le combat. Si cela avait été le contraire, vous pouvez être sûr que vous ne seriez pas ici maintenant. Un conseil de guerre aurait pris soin de vous.

Dan était silencieux. Fred s'est rendu compte que ce garçon impulsif avait beaucoup changé pendant la guerre.

« Il faut faire quelque chose et vite » fut sa réponse. Nos patrons ont besoin de nous. Cristina a plus que jamais besoin de vous. Fred. C'est notre dernier service. Ensuite, nous irons aux États-Unis.

« Je pensais que tu n'irais pas.

« Je n'y ai pas encore pensé. Je ne sais pas si je vais y aller ou me réinscrire.

« Voilà, vous avez votre position. Vous avez beaucoup donné pour la cause. Vous devez retourner dans notre patrie et laisser les autres prendre notre place. Tu pourrais venir avec Cristina et moi au Colorado. Nous avons prévu de vivre à la périphérie de Denver. Elle serait très heureuse, car elle vous aime vraiment.

* * *

Jour après jour, les trois hommes traversaient ces forêts inextricables. Ils étaient guidés par la direction du soleil. Chaque matin, ils modifiaient leur itinéraire s'il n'était pas le même que l'après-midi précédent. Ils allaient en ligne droite vers l'endroit où le roi des étoiles apparaissait derrière les sommets des montagnes.

Deux semaines plus tard, ils découvrirent au loin un ruban bleuté immobile.

C'était la mer. Ils avaient atteint la côte et là leurs pas s'arrêtèrent.

A partir de ce moment, ils se sont consacrés à la recherche d'une ville indigène ou d'un avant-poste des Japonais. Le troisième jour de rôdage autour de la côte, Dan est retourné avec bonheur pour rencontrer ses camarades.

« Que se passe-t-il ? demanda Fred, stupéfait. Je pense que nous avons déjà ce dont nous avons besoin. Au sud, à environ cinq kilomètres, il y a une ville composée de cabanes lacustres. La partie la plus importante est sur un sol ferme et dans l'un des de grands pavillons au fond j'ai vu le drapeau japonais. Au début j'avais peur et je voulais revenir, mais je me suis aventuré le plus possible. De l'autre côté il y a cinq ou six hangars et sous eux des bombardiers japonais.

« Vous en êtes sûr ? N'avez-vous pas eu de visions ? s'exclama Andrews en sautant sur ses pieds.

« Mes yeux ne me trompent pas, mon ami. Qu'allons-nous faire maintenant ?

"Et vous demandez? Ce soir, nous serons là. Nous avons un pistolet chacun. Dick sera chargé d'espionner autour du village et nous irons aux hangars. Ensuite, il nous rencontrera à une heure précise et l'un sera en charge de sortir le bombardier et les deux autres de contenir les Japonais s'ils nous attaquent. Ce doit être un avant-poste japonais, peut-être avec la mission de servir de lien avec les îles philippines restantes. L'un de nous trois peut tomber, mais celui qui vit doit fuir.

« Compris. Nous devons commencer notre travail le plus tôt possible.

Cette nouvelle remplit d'enthousiasme les trois braves soldats. Il s'agissait de prouver son habileté et sa sagacité. Le détachement japonais ne pouvait pas être combattu face à face et ils devaient user de ruse pour être victorieux.

Tout au long de la journée, ils ont mis en place un service de surveillance rapprochée. Plusieurs avions japonais ont décollé au crépuscule et beaucoup d'autres ont atterri plus tard. Ils se dirigeaient vers l'île de Panay, où peut-être un détachement similaire doit exister.

Quand les ombres de la nuit couvraient le paysage, ils se rassemblaient.

« A midi, nous frapperons.

Quelle est ma mission ? Demanda le sergent.

« Surveillez les routes qui mènent à l'aérodrome. Tout mouvement de troupe doit être communiqué. Je ne pense pas que le personnel dans ces hangars soit très grand. Nous pouvons les saisir. Dan et moi travaillerons seuls. N'oubliez pas qu'à midi quinze vous devez être avec nous.

Tels des reptiles, les deux hommes rampaient parmi les roseaux et les vignes. Devant eux se trouvait le camp japonais. Des hommes montaient la garde tout près d'un feu, derrière les hangars. Un autre homme armé marchait devant eux, tenant son arme sur son épaule.

Dan fit signe à Andrews et ils continuèrent tous les deux leur avance. En un rien de temps, ils ont gagné le coin de l'un des hangars et Harrison a vérifié le temps. Plus que cinq minutes. À ce moment-là, ils ont étudié à fond le plan.

Lorsque les aiguilles de l'horloge sonnèrent midi, Dan glissa comme une ombre le long des rondins qui constituaient le mur principal du bâtiment et se tint immobile à une distance sûre des Japonais de service ; Il attendit caché dans l'ombre. Alors qu'il le dépassait, il bondit en avant et sa main gauche serra la gorge de l'ennemi avec force, tandis que de la droite il lui arracha la machette et la plongea à plusieurs reprises dans son côté. Puis il le posa et Fred le traîna jusqu'aux premiers arbres.

L'un des engins de bombardement était presque à l'extérieur du hangar. Dan sauta sur lui et l'examina à l'intérieur. Il jeta un coup d'œil au tableau de bord et vit qu'une mitraillette était posée sur l'un des sièges du cockpit.

Il le tendit à Fred, avec plusieurs chargeurs chargés d'obus.

« Prenez soin d'eux ! » déclara-t-il, d'une voix que seul le capitaine Andrews pouvait entendre.

Il a pris l'arme et s'est éloigné. J'ai vu le groupe de Japonais près du feu. Ils étaient assis autour d'elle et semblaient engagés dans une conversation très agréable, alors qu'ils riaient et appelaient bruyamment le nom de l'empereur Hiro Hito.

À ce moment, le moteur a sursauté. Ils se levèrent tous d'un bond, comme si un serpent les avait mordus, en poussant des exclamations d'étonnement. Ils ont pris leurs armes et ont essayé de courir dans cette direction.

Un terrible sourire s'afficha sur le visage du capitaine Andrews. Il tomba au sol, posté derrière une souche de chêne. Puis il a appuyé sur la détente. Un cri infernal fut la réponse. Les Japonais tombent, criblés de balles, et malgré leur courage fanatique au combat, ils doivent battre en retraite. Certaines balles ont creusé dans l'arbre et d'autres ont creusé le sol à côté du corps de l'officier.

Il entendit une voix derrière lui :

« Dur avec eux, capitaine ! Dur, jusqu'à ce que personne ne reste en vie !

C'était Dick, le guetteur. Il était armé d'une autre mitrailleuse et acheva le travail de son patron. Dan avait réussi à sortir l'avion du hangar et l'avait emporté sur une cinquantaine de mètres sur la piste. De là, il cria à tue-tête :

« Debout les amis ! Tout est prêt !

Toujours en train de tirer, ils reculèrent. De l'autre côté du terrain des Japonais apparaissent et tentent de couper la retraite des deux hommes. Harrison s'est occupé d'eux. Puis il a posé le canon de la mitrailleuse sur le cockpit du bombardier et a tiré quelques coups sur les réservoirs de carburant.

L'un d'eux a éclaté et des flammes se sont allumées dans les hangars, s'attaquant aux avions restants.

D'un bond, le sergent gagna l'avion. Fred a suivi et Dan a démarré les moteurs. Lorsque les Japonais ont essayé de les arrêter, il était trop tard. Le camp entier était une fournaise et de ce bombardier des rafales de mitrailleuses continuaient à jaillir, les décimant.

Peu de temps après, il s'éleva et se perdit dans l'espace céleste infini.

* * *

Depuis les falaises, ils ont été attaqués par l'artillerie antiaérienne. L'une des explosions a endommagé l'un des moteurs. Cela aggravait la situation de ces hommes, dans la mesure où ils étaient considérés comme perdus. Cependant, l'avion a tenu jusqu'à l'aube.

Dick a découvert des navires et à l'aide des jumelles, il a identifié leur drapeau. C'étaient des Américains.

Mais ils étaient loin et il était impossible d'attirer leur attention.

"C'est fini," annonça Dan. L'autre moteur tombe en panne et nous n'avons que le central. Nous finirons par nous effondrer. Mais j'ai une idée. Cherchez les parachutes.

Dick s'empressa d'exécuter l'ordre. Il est revenu avec deux d'entre eux.

"Juste deux ? demanda Fred.

— Il n'y en a plus, capitaine.

"Mettez-les sur vous", ordonna Harrison.

"Et tu?

«Je vais essayer de rester plus léger. Cela peut être mon salut et le vôtre.

« Je ne te laisserai pas ici, Harrison. Sautez vous et Dick. Je vais gouverner l'appareil.

Dan le dévisagea.

« Il y a une chance d'être sauvé », s'est-il exclamé. Et le plus sûr est le parachute. Obéit. Vous pouvez mieux m'aider de cette façon.

« Tu mens, Dan. Vous savez bien que vous ne pourrez pas dominer le bombardier ou vous sauver.

« Êtes-vous fou ! Voulez-vous faire ce que je vous commande ?

"Pas.

« Dans ce cas, je vous forcerai.

Dick a pris les commandes. Harrison a essayé de retenir son ami, mais il a refusé. Puis l'officier l'a frappé fort et Fred a roulé sur le sol de l'avion. Puis elle se pencha sur lui et ajusta son parachute. Il le traîna jusqu'à l'ouverture de lancement et laissa l'air le ramener à ses sens. Au moment où il a essayé de se relever, il l'a poussé fort et il est tombé.

De là, il a vu Fred tirer la bague.

Puis il a « invité » Dick à l'imiter et n'a eu d'autre choix que d'obéir.

Un sourire étrange brilla sur le visage du capitaine. Les deux hommes étaient sûrs de se noyer, si cela n'attirait pas l'attention des navires de guerre. Il se dirigea vers le réservoir de carburant. Il tenait toujours dans sa main droite le pistolet qu'il avait arraché de son étui.

Leurs lèvres bougeaient et prononçaient un nom :

"Cristine !

Il a pointé l'arme et a tiré à plusieurs reprises. L'essence s'est enflammée instantanément et une grande explosion a secoué l'espace, en même temps que l'appareil a explosé en morceaux, formant le fuselage et les moteurs une grande torche.

ÉPILOGUE

Andrews saisit sa femme par la taille et s'appuya sur le côté du navire qui les emmenait au port de San Francisco, en Californie, après avoir reçu du général Thompson, de la 7th Air Division of the United States, la licence correspondante.

A proximité, Dick l'Observateur examinait un exemplaire du New York Herald, qui enregistrait la dernière opération à laquelle ils participaient contre les Japonais. Une photographie est apparue dans l'encart d'une colonne. En dessous, un nom : "Commandant Dan Harrison". Et puis ses états de service et la dernière action héroïque qui lui avait coûté la vie.

Dan avait été un vrai homme. Tout le mal qu'il avait pu leur faire autrefois s'annulait avec cette action chevaleresque, avec cet exploit magnifique, qui allait rendre leur bonheur possible.

Fred ne pourrait jamais l'oublier.

Il fixait les eaux verdâtres du Pacifique, comme si à travers ses vagues il essayait de découvrir le visage énergique de son ami.

« Je sais que Dan était désolé » marmonna-t-il, comme s'il se parlait tout seul. Je t'aimais, Cristina. Je t'ai aimé de la même manière que je peux t'aimer. J'aurais aimé qu'il soit sauvé et qu'il soit venu avec nous dans le Colorado. Il était digne du bonheur et de la gratitude de tous. Son courage et son courage ont permis à plusieurs reprises d'atteindre nos objectifs. Je veux que son souvenir entre nous dure pour toujours. Si nous avons un fils, il s'appellera après lui : Dan. L'aimeras-tu, Cristina ?

"Oui; j'ai aussi appris à l'estimer. C'était tout un homme. Sa mort dans les nuages était un acte de service. Une action digne d'un homme de son courage.

FINIR

97

www.ingramcontent.com/pod-product-compliance
Lightning Source LLC
Chambersburg PA
CBHW031435130726
47989CB00003B/1154